少年陰陽師

まじなう柱に忍び侘《わ》べ

結城光流

JN230639

21699

角川ビーンズ文庫

少年陰陽師

まじなう柱に忍び侘《わ》べ

「少年陰陽師」登場人物紹介

【京】

脩子《ながこ》

内親王。天勅により、伊勢に滞在していた。
まだ幼いが、聡明な皇女。

藤花《ふじか》

脩子に仕える女房。
実は左大臣道長《みちなが》の一の姫・彰子《あきこ》。

風音《かざね》

道反大神の娘。以前は晴明を狙っていたが、今は昌浩たちに協力。現在は女房「雲居《くもい》」として脩子に仕えている。

藤原敏次《ふじわらのとしつぐ》

昌浩の3つ年上の陰陽生。
最年少で陰陽得業生となった。

【冥府《めいふ》】

冥府の官吏《めいふのかんり》

境界の川の警護をしている官吏。
神出鬼没。

榎岦斎《えのきのりゅうさい》

安倍晴明の友人で陰陽師。
冥府の官吏の下、夢殿にいる。

青龍《せいりゅう》

木将。四闘将の一人。
昔から紅蓮を敵視している。

六合《りくごう》

寡黙な木将。四闘将の一人。
風音を大切に思っている。

朱雀《すざく》

紅蓮と同じく火将。
天一の恋人。

天一《てんいつ》

心優しい土将。
朱雀のみ「天貴《てんき》」と呼ぶ。

天空《てんくう》

土将。老人の姿をしており、
十二神将を統べる。

天后《てんこう》

水将。優しく柔軟な性格。晴明の側に控え、彼を気遣う。

太裳《たいじょう》

土将。穏やかな性格。昌浩が幼い頃は、成親の側に控えていた。

白虎《びゃっこ》

風将。大きな体軀をしており
肉弾戦をすることも。

【安倍家《あべ》】

安倍昌浩《あべのまさひろ》

18歳の半人前陰陽師。
霊力が強く、陰陽師としての才能は
安倍家でも群を抜いている。
嫌いな言葉は「あの晴明の孫!?」。

安倍晴明《あべのせいめい》（じい様）

稀代の大陰陽師で昌浩の祖父。
天狐の血を引いている。
離魂の術で二十代の姿をとることも。

吉昌《よしまさ》

昌浩たちの父。天文博士。

成親《なりちか》

昌浩の長兄。陰陽博士。
妻の篤子《あつこ》との間に3人の子供がいる。

露樹《つゆき》

いつも昌浩たちを見守る優しい母。

昌親《まさちか》

昌浩の次兄。陰陽寮の天文得業生。

【十二神将《じゅうにしんしょう》】

紅蓮《ぐれん》

十二神将最強にして最凶の闘将、騰蛇《とうだ》。
『もっくん』に変化し、昌浩につく。

もっくん（物の怪）

昌浩の良き相棒。カワイイ顔して、
口は悪いし態度もでかい。
窮地に陥ると本性を現す。

勾陣《こうちん》

土将。四闘将の一人で
紅蓮につぐ通力をもつ。

太陰《たいいん》

風将。6歳ほどの幼い外見を
しており、口も気も強い。

玄武《げんぶ》

水将。見た目は太陰同様
子供の姿だが、冷静沈着。

大磐《おおいわ》は、岩戸。
光を隠《かく》していた岩戸が、開かれた。

1

重い雷鳴《らいめい》につづいて黒雲を切り裂《さ》いた赤い稲妻《いなずま》に、竹三条宮《たけさんじょうのみや》の女房《にょうぼう》は怯《おび》えて身をすくませた。激しい雷鳴は怖《こわ》い。雷《かみなり》も怖い。あの赤い光は、落ちてきそうな怖さもさることながら、じっと見下ろされているような気がして怖気《おぞけ》がする。

「……もう、いや…」

雨が降りつづいて、昼も夜もなく雷が鳴り響《ひび》いて、赤い光がどこかに突《つ》き刺《さ》さるのを幾度《いくど》も目撃《もくげき》した。

次はどこだろうか。次はここかもしれない。

ともに仕えている女房たちも少しずつ体調を崩《くず》し、次々に咳《せき》をしはじめている。

次は誰《だれ》だろうか。次は自分かもしれない。

涙《なみだ》がにじんできて、慌《あわ》てて袖《そで》で目許《めもと》を拭《ぬぐ》う。

先頃《さきごろ》仲の良かった女房が死んだ。気の合う下男が咳の病で起き上がれなくなった。

こういうときに家中の者たちの心の支柱になるべき命婦《みょうぶ》もずっと病床《びょうしょう》に就《つ》いている。

宮の主《あるじ》である姫宮《ひめみや》付きの女房たちも局《つぼね》に籠《こ》もっている。近くを通りかかるとくぐもった咳が聞こえてくる。懸命《けんめい》に押し殺しているつもりだろうけれど、聞こえてしまう。

恐《おそ》ろしくて、悲しくて、拭っても拭っても涙があふれてくる。それを女房は何度も拭う。

あの咳は、きっともうだめだ。次か、その次か。遠くない未来に、彼女もおびただしい量の血を吐《は》いて事切れてしまうだろう。

もしかしたら、姫宮様も、もう。

新たな涙があふれてくる。忍《しの》び侘《わ》びつつ口元を押さえる。

「…………、っ」

女房は、きょとんとして自分の手を見た。

いま、咳が。

「え…え、これ…っ」

茫然《ぼうぜん》と見開いた目から涙が落ちる。まるでそれが合図だったように、激しい咳がせりあがってきた。

金切り声がした。

内親王脩子《ながこ》の御帳台《みちょうだい》の傍《かたわ》らに端座《たんざ》していた安倍晴明《あべのせいめい》は、さすがに驚《おどろ》いた顔で瞬《まばた》きをした。

「いまのは…」

《女房がひとり、咳の病を発したようです》

答えたのは、母屋《おもや》の屋根で隠形《おんぎょう》しながら周囲を見張っている十二神将天后《てんこう》だ。

「…そうか」

重い息をついた晴明は、腰《こし》を浮《う》かせて御帳台の帳《とばり》を横に少しのけて中を窺《うかが》った。

少し開いた隙間《すきま》から、横臥《おうが》した脩子の面差《おもざ》しが見える。げっそりとこけた頬《ほほ》は紙のように白い。薄《うす》く開いた唇《くちびる》に先ほど手をかざして確かめたら、ほんのかすかな呼吸をしていた。いまもその証《あかし》のように、袿《うちぎ》のかかった胸元《むなもと》が僅《わず》かに上下している。

晴明が竹三条宮に到着《とうちゃく》したのはついさっきだ。そのまま母屋にとおされてすぐ、母屋と廂《ひさし》のあちこちに澱《よど》んでいた邪念《じゃねん》を一掃《いっそう》し、母屋の四すみと御帳台の周りに小さな幣《ぬさ》を立て、ふたつの結界《けっかい》を張った。

邸《やしき》全体を囲む結界だけでなく、新たに織りなした二重の結界に守られた脩子の傍らには、道反《ちがえし》の守護妖《よう》である嵬《かい》がずっと寄り添《そ》っている。

この鴉《からす》は、脩子を守っているというより、脩子の魂《たましい》を宿体につなぎとめている風音《かざね》の魂を守っているのだ。

さしもの守護妖も体力と妖力の限界なのか、戻《もど》ってきた晴明の姿を見て少し翼《つばさ》を下げたようだった。

いまは脩子の枕辺《まくらべ》にうずくまって瞼《まぶた》を落としている。静かに舟《ふね》をこいでいるようだ。

「……」

晴明はそっと苦笑《くしょう》した。あの鴉のこんな無防備な姿を見られるとは。

ああしているとただの小さな鴉だ。いつもこうなら六合《りくごう》も苦労はないだろうに。

道反の聖域にいる六合が目覚めたという報《しら》せは未《いま》だにない。戦力が足りないいま、一日も早く回復して戻ってきてほしいところである。

帳をもとに戻して円座に腰を下ろすと、首にかけた数珠《じゅず》が小さく音をたてた。呪《しゅ》を何重にも籠めた数珠だ。普段《ふだん》はこういうものに頼《たよ》らなくても自分にまといついてくる陰気《いんき》を払《はら》えるのだが、いまはそれにかける労力が惜《お》しい。

冷たい風を感じて晴明は眉根《まゆね》を寄せた。ただの風に、ほんの少し黄泉《よみ》の瘴気《しょうき》がにじんでいるのが感じ取れる。結界を重ねても、陰気の風はこうして入り込んでくる。

陰気に満ち満ちた人界で、陰気の侵入《しんにゅう》を完全に断《た》つことはとても難しい。

晴明は胸の前で手のひらを合わせた。入ってくるのを止められないなら、入ってくると同時に退けるしかない。

晴明は背筋をのばして呼吸を整えた。自分の力でやろうとすれば、気力と霊力《れいりょく》と生命力を消《しょう》耗《もう》し尽《つ》くしてしまう。それではだめなのだ。

この宮が守られるように、内親王脩子の命が守られるように、神に祈《いの》るのである。

「高天原《たかまのはら》に神留《かむづま》り坐《ま》す……」

◆　◆　◆

うつらうつらとしていた道反の守護妖鬼は、いつの間にか深い眠《ねむ》りの中にいた。

そして気づけば、まだ産まれて四年かそこらの幼い姫が遊んでいるのを、同胞《どうほう》たちとともに見守っていたのである。

『なんと、夢ではないか』

さしもの鬼も意表をつかれた。悠長《ゆうちょう》に夢を見ていられるような状況《じょうきょう》ではないはずなのに、こんな懐《なつ》かしい日々に入り込むとはなんとしたことか。

道反の聖域は広い。姫が産まれたことを喜んだ道反大神《ちがえしのおおかみ》が、一年中花の絶えない野原や小鳥のさえずる森を作った。

遊び相手の守護妖たちは、姫に危険がないように絶えず気を配り目を光らせている。

ここにいれば何も危険はない。そのはずだったのに――。

『…………』

項垂《うなだ》れた鬼は、やにわにかっと目を怒《いか》らせた。なるほど、これもまた黄泉の罠《わな》か。ずっと浸《ひた》っていたくなるような幸せな夢の中に引きずり込めば、心は考えることをやめる。その胸の隙間に黄泉の風が入り込み、病となって身も心も侵《おか》していく。

鬼はばさりと翼を打った。

『その手にはのらん！』

と、それまで鬼の周りに広がっていた情景が瞬時《しゅんじ》に掻《か》き消え、辺り一面に闇《やみ》が落ちてきた。

『ほれ、みたことか』

誰にともなく誇《ほこ》っていた鬼は、ふいに風を感じて首を傾《かたむ》けた。

『む…？』

いずこからか吹《ふ》きつけてきた強い風は、人界のものではない。

鬼はこれを知っている。黄泉から直接吹いてくる風だ。

どこかに黄泉の瘴穴が穿《うが》たれたのか。だとしたら、一刻も早くふさいでしまわないと大変なことになる。否《いな》、既《すで》に大変なことになっているではないか。

夢の中できょろきょろと辺りを見回していた鬼の頭の中に、突如《とつじょ》として声が響いた。

《――……い……、か……》

鴉ははっとして首をめぐらせた。風音の声だ。

『姫？　どうされたのです』

闇に目を凝《こ》らしていくら捜《さが》しても風音の姿はない。声だけが届いているのだ。

《…鬼、聞いて…、岩戸が…開いた…》

鬼は険しい目で虚空《こくう》を睨《にら》む。

『岩戸…？』

《そう…岩戸。光を隠《かく》していた岩戸を、誰《だれ》かが開いたわ》

『姫、それはどういう…、っ！』

はっと目を瞠《みは》った鬼はくちばしを閉じて首を傾けた。ここは夢の中。夢殿《ゆめどの》だ。

ここには神も妖《あやかし》も死者もいる。最果てが根の国底の国につながっているこの夢殿で、はっきり言葉にしてはならないのだと気づく。

《たくさんの光が、向こう側から出てきた》

『たくさんの…？』

訝《いぶか》る鬼に風音はつづける。

《そう。風に奪《うば》われた、たくさんの光。きっとその中に…》

鬼の目が光った。そうか、岩戸は黄泉の口だ。

鬼の生まれた道反の聖域にある黄泉の出口の大磐《おおいわ》のように、いずこかにあるはずの黄泉の入り口を閉《と》ざす大磐を指しているのだ。

ならば光とは、咳《せき》の病によって体から抜《ぬ》け出た魂のことに違《ちが》いない。蝶《ちょう》の姿をした魂蟲《たまむし》は白く光るのだ。

たくさんの死者が出ている。それは、たくさんの魂蟲が黄泉に連れ去られたということにほかならない。

《…光がここに戻ってくる》

なるほど。黄泉から逃《に》げ出した魂蟲たちは、もとの世界を目指すはず。たくさんいるだろう魂蟲の中には、天照大御神《あまてらすおおみかみ》の分御霊《わけみたま》である内親王脩子の魂蟲もいるということ。

《捜して、嵬。また捕《と》らわれる前に……》

逃げ出した魂蟲を、黄泉の軍勢がそのままにしておくわけはない。

その刹那《せつな》、どこかから吹いてくる風の中に、嵬は無数の波動が突如として現れ出たのを感じた。この夢殿にないはずの、魂が放つ波動だった。

それにつづいて噴出《ふんしゅつ》した凄《すさ》まじい妖気《ようき》が、渦巻《うずま》きながら移動していくのをはっきりと感じる。

嵬は両翼《りょうよく》を広げた。

『心得ましたぞ姫《ひめ》！　お任せを！』

◆　　◆　　◆

「……天津神国津神《あまつかみくにつかみ》……」

祝詞《のりと》を唱えていた晴明の耳に、激しく翼《つばさ》をはばたかせる音が飛び込んできた。

思わず御帳台《みちょうだい》に目をやると、帳《とばり》を払いのけて鬼が駆《か》け出してきた。

「鬼殿《どの》？」

訝る晴明を振《ふ》り返った鴉《からす》はかっと目を見開いた。

『安倍晴明よ、我はこれより我が姫の命に従って内親王の魂《たましい》を捜し出してくる！』

母屋《おもや》から廂《ひさし》に下りる歩幅《ほはば》も大きく、晴明に説明するのももどかしそうな様子だ。

『姫はひとときお前に預ける。命に代えてもお守りせよ！』

さもなくば道反《ちがえし》の守護妖すべて敵に回すと心得よ、とつづいた気がして、つい気圧《けお》された晴明はおとなしく頷《うなず》いた。

「は、心得ました。して、鬼殿はいずこへ？」

いままさに飛び出そうとしていた鴉はがばっと振り返った。

『行く先はこの風の出口！　何者かが黄泉の岩戸を開き、囚《とら》われた魂蟲を解き放ったのだ！』

半分怒《おこ》りながら言い放った鬼は勢いよく妻戸《つまど》を蹴《け》って雨の中に飛び立っていく。

あまりにも突然《とつぜん》の事態に、さしもの晴明も啞然《あぜん》とした。

岩戸。道反の聖域にある大磐のことだろうか。

反射的にそう考えて、晴明はすぐさまそれを打ち消した。

鬼は、何者かが黄泉《よみ》の岩戸を開き囚われた魂蟲を解き放ったといっていたのだ。

道反の聖域にあるのは黄泉の出口。

大磐たる道反大神が黄泉津比良坂《よもつひらさか》の出口に立ちはだかり、それを隠す聖域を道反の巫女《みこ》と守護妖たちが神代《かみよ》の頃《ころ》から守っている。

もし囚われた魂蟲たちがどうにか逃げ出して黄泉津比良坂の出口までたどりついたなら、道反大神は彼らのために自ら磐を開くだろう。そして道反の巫女や守護妖たちは、魂たちを聖域にかくまうはず。

もしそのようなことがあれば晴明にも何らかの報せ《しら》があるはずだ。

ならば今回開かれたというのは、どこにあるかわからない黄泉の入り口のことと思って間違《まちが》いないと思われた。

しかし。

「……黄泉の……」

死の国である黄泉の入り口。死に満ち満ちた黄泉の国。

入り口の岩戸を開いて黄泉に囚われていた魂蟲を解き放ったのなら、それを成した者は黄泉から噴《ふ》き出した濃密《のうみつ》な陰気《いんき》に呑《の》まれ、瞬《またた》く間に生気を削《そ》ぎ尽《つ》くされるはずだ。

果たして生きているのか。

「……」

ひとつのことに思い至った晴明の頬《ほほ》が、みるみるうちに血の気を失っていく。

それを成した何者かは、なぜ黄泉の入り口に到達《とうたつ》できたのだ。

黄泉の陰気にさらされても正気を失うことなく死の国の入り口に立てる。

そんなことができる者など、晴明が知る限り幾人《いくたり》もいない。

「…岩戸を…開いた……？」

呟《つぶや》く晴明の胸の奥がひやりとする。

いったい、誰が――。

◇　◇　◇

雷鳴《らいめい》が轟《とどろ》いた。

播磨《はりま》国赤穂《あこう》郡菅生《すごう》の郷《さと》が魔物《まもの》の襲撃《しゅうげき》を受けて、丸一日が経過した。

氏神《うじがみ》の力を借りて血族と同胞《どうほう》たちをかろうじて救った小野螢《おののほたる》は、意識を取り戻《もど》すことなく自室に延べられた茵《しとね》に臥《ふ》せていた。

燈台《とうだい》に点《とも》された明かりが屋内を橙色《だいだいいろ》に染めている。

呼吸しやすいように横向けにされた面差《おもざ》しは、ただ眠《ねむ》っているように見える。

閉じた瞼《まぶた》はずっと開かない。炎《ほのお》の色に照らされても白さが際立《きわだ》つ肌《はだ》は死人のそれによく似て、浅い呼吸はひどく緩慢《かんまん》だ。

螢の長い髪《かみ》は広がらないように束ねて横に流され、単《ひとえ》の襟《えり》を大きくくつろげて腰《こし》まで引き下げられている。

あらわになった背に、止血の符がびっしりと貼《は》りつけられていた。智鋪《ちしき》の祭司《さいし》に負わされた金瘡《きんそう》を符で覆《おお》っているのだ。

肩《かた》から腰にかけてまっすぐ切り裂《さ》かれた傷は、符を数枚使わなければならない長さと深さ。

金瘡を覆った符の、白い料紙に墨《すみ》で書かれた文字と文字の間に、ぽっと赤い染《し》みが生じた。

それは見る見るうちに広がって、白い紙を赤く染めていく。

茵の傍《かたわ》らにいる夢見のおばばは、血を吸ってだめになった符を剥《は》がし、布で血を拭《ぬぐ》って口の中で呪《じゅ》を唱えながら真新しい符を貼り直した。

昨日からこの繰《く》り返しだ。螢のそばにずっとついている夢見のおばばは一睡《いっすい》もしていない。

先ほど換《か》えたばかりの符に赤い染みが生じた。

　こうやって新しい符を貼って新たに止血の呪をかけても、時間が経《た》つと血が滲《し》みて使い物にならなくなる。

「………」

　黙《だま》って手をのばすおばばの目が険しい。

　符を交換《こうかん》する間隔《かんかく》が短くなっている。止血の術が効きにくくなっているのだ。

　はがした符をくしゃくしゃにまるめて横の打乱筥《うちみだりのはこ》に放《ほう》ったおばばは、背後の妻戸を顧《かえり》みた。

「持っていっておくれ」

　おばばの傍らにある筥は、血で汚《よご》れた符でいっぱいになっている。

「開けますよ」

　妻戸が静かに開いた。隙間《すきま》からそっと入ってきたのは、空《から》の筥を持った膝立《ひざだ》ちの比古《ひこ》だ。

　おばばの近くに置かれた燈台の炎が、吹《ふ》き込んできた風に揺《ゆ》れる。

　室《へや》を満たす鉄の臭《にお》いに、比古は僅《わず》かに顔を歪《ゆが》めた。筥いっぱいになった符のなれの果てと、螢の背の傷から立ち昇《のぼ》る血の臭いだ。

「……こ……っ…」

　こんなに血を失ったらもう生きていられないんじゃないのかと、反射的に喉《のど》まで出かかった言葉を、比古は努力して呑みこんだ。

「ちゃんと焼いているだろうね？」

問うたおばばの声はかすれている。

素肌《すはだ》をさらしている螢を見ないように視線を下げて、膝をついた比古は手探《てさぐ》りで筥を引き寄せ、空の筥と入れ替《か》えながら答えた。

「大丈夫《だいじょうぶ》。灰になるまでしっかり見てる」

「頼《たの》むよ」

比古は頷き、筥を抱《かか》えて室を出る。

妻戸を閉じる寸前、おばばの背中越《ご》しにそっと盗《ぬす》み見ることのできた螢の面差しは、比古の予想に反してとても穏《おだ》やかだった。

比古はひやりとした。痛みや苦しみで歪んでいないのは、もうそれを感じることができていないからだ。

一方、音を立てないように細心の注意を払《はら》って閉じられた妻戸を顧みて、おばばは重い息を吐《は》き出した。

「……」

戸が開いた一瞬《いっしゅん》で室内の空気が入れ替わった。

背の傷の治療《ちりょう》のためにずっと剝《む》き出しの螢の肩は冷たくなっている。

見る間に血がにじんできた符をまた取り換えながら、おばばは唇《くちびる》を震《ふる》わせた。

「……寒いだろうにねぇ」

少しの間だけでも衣《ころも》を肩にかけてやりたいと思った。しかし、いまの螢には、薄《うす》い衣の重さすらも負担になるのだ。

螢の現影《みかげ》である夕霧《ゆうぎり》はここにいない。郷を守る結界《けっかい》を再び構築するため、血族たちとともに周辺を飛びまわっているのだ。

この状態の螢を残してよく出ていったと思う。そうすることが彼女の望みに副《そ》うと、夕霧にはわかっているのだろう。

おばばは重い息をついた。

菅生の郷のあちこちに、黄泉の風が残した陰気の澱《よど》みがあるのだ。それは放っておけば凝《こ》り固まって邪念《じゃねん》となる。

それらを探し出して浄化《じょうか》していくのは、想像以上に骨の折れる作業だろう。

しかし、ひとところも見落とすことは許されない。もしほんの僅かでも澱みを残せば、新たな結界を張ってもそこからまた崩《くず》されてしまう危険があるからだ。

智鋪衆に、結界を破れるだけの力を持った術師がいる。相当の凄腕《すごうで》だ。郷の陰陽師《おんみょうじ》たちが束になっても止められるかどうか。

菅生の郷を囲む結界を壊《こわ》せるほどの霊力《れいりょく》と技量を持っているのである。生半《なまなか》な相手ではない。

昨夜《さくや》ひと晩は何事もなく越《こ》せた。しかし今夜もそうとは限らない。郷の守り神である菅原道真神《すがわらのみちざねのかみ》は未《いま》だに消えたままだ。いま再び敵襲《てきしゅう》があったら、最悪の事態に陥《おちい》るだろう。

これまでより強固に結界を張り直すため、郷の陰陽師ほぼ全員が不眠不休《ふみんふきゅう》だった。一応郷の客人の立場で、重傷者でもある比古がだめになった符を焼いているのは、何かさせてくれという本人の希望もあったが、単純に人手が足りないからだ。

総領邸《そうりょうてい》の別室では、長老たちの指揮で山吹《やまぶき》や邸《やしき》の者たちが螢のための止血の符を作っている。

しかし、彼らだけでは手が足りず、郷の年寄りや女衆も交替《こうたい》に入っているという。

螢が命がけで守ろうとした郷人たちが、今度は螢と郷を守ろうとしているのだった。

次代総領である幼い時遠《ときとお》は、総領のみが入ることを許されている隠し室《かくべや》にいるはずだ。

今朝方、氷知《ひじり》が意識を取り戻した。彼は螢の容態を知ると、邸の者たちの制止を振《ふ》り切って起き上がり、次代の総領たる時遠を奥に連れていくと言った。

おばばはそれを許した。

この邸の奥には総領のみが開けられる室がある。小野の氏神が祀《まつ》られた社《やしろ》の室だ。

それは、総領と、僅かな側近と、それを伝える役目を担《にな》う長老だけが存在を知る社である。

総領のみが開けることを許されるそこに何があるのかを、時守亡《ときもりな》きあとに螢も知らされた。

そのとき不在だった夕霧にも、濡《ぬ》れ衣《ぎぬ》が晴れて帰郷したのちに伝えられている。

時遠も、成人したあかつきに、総領が受け継《つ》ぐもののひとつとして長老たちから隠し室のことも教えられるはずだった。

しかし、いまはそれを待っていられる状況《じょうきょう》ではなかった。最悪の場合、時遠はこのまま総領を継ぐことになるかもしれないのだ。

郷《さと》の守り神である大自在天《だいじざいてん》が不在のいま、確実な加護を乞《こ》えるのは、隠し室に祀られた神ひと柱しかいない。

時遠はいま小野の氏神に、螢の命を存《なが》らえさせてくれるよう必死に祈《いの》っているはずだ。

奥に心を向けたおばばは、沈鬱《ちんうつ》な面《おも》持ちで重く呟《つぶや》いた。

「……聞き届けてくだされぱいいが…」

幾《いく》つもの顔と役柄《やくがら》を持つ小野の氏神は、この世の条理に反するのを嫌《きら》う。

螢の天命がここまでであるなら、どれほど祈っても耳を貸してはくれないだろう。

目覚めない螢の横顔を見下ろしたおばばは、ふうと息を吐き出し、かすかなめまいを覚えた。

霊力と体力が限界に近いのだ。それを気力でなんとか持たせている。

金瘡からの出血が止まらないのは、黄泉《よみ》の風と妖気《ようき》が傷から入り込んだからだ。命の源ともいうべき血を流し尽《つ》くせば、その先に待っているのは確実な死。

黄泉の風は宿体の死を早め、命を搦《から》め捕《と》って、やがて根の国底の国に連れていく。

昨日から螢に止血の術をかけつづけているおばばは、疲労《ひろう》の濃《こ》い顔で唇を噛《か》んだ。

氷のように冷たい螢の手を取り、自分の額を押しつけるようにして、おばばはうめいた。

「ほんとうに…ばかな…娘《むすめ》だね……」

螢に、残る寿命《じゅみょう》は五年と告げたのは、つい先日だった。

そしてそれは何もしなければの話。少しでも無理をすれば更《さら》に短くなることを、螢自身もわかっていた。

螢は総領の役目を果たしたのだ。時守亡きいま、螢がそれをしなければならなかったから。

「お前が……いなくなったら……夕霧が……目も当てられなくなる……」

これほどに、郷のために身を尽くし、命を尽くして。何ひとつ報《むく》われないまま、螢の命は消えるのか。

老いさらばえた自分はまだ生きているのに、二十歳《はたち》にもならない娘が逝《い》ってしまうのか。

おばばは、幾つもの死を夢に見た。幾つもの死を現《うつつ》で味わった。幾つもの絶望が次から次へとやってくるのに、希望はほとんど見られない。

螢は、数少ない希望のひとつであったのに。

総領は、菅生の郷に住む者たちの心のよりどころ。いうなれば神祓衆《かんばらしゅう》の柱だ。

女の身であろうと、年若くあろうと、螢の存在は間違《まちが》いなく神祓衆たちの支柱だった。

次代の時遠が神祓衆の柱たりうるまで、まだまだ時間が必要だ。いま螢が死ねば、この世の危機にあって神祓衆は支柱を失うことになる。

「…………」

おばばは両の手で顔を覆《おお》った。

総領の生死と郷のこれからを憂《うれ》う気持ち以上に、螢というひとりの娘を失うことが、とてもつらく悲しい。

大切な肉親の死は、幾度《いくど》味わっても決して慣れることはできない。

数代前の総領の妹。それが夢見のおばばだ。螢はおばばにとって実の孫にも等しい。

どれほどそうしていたか。

室《へや》の前の廊にひとつの気配が近づいてきたのを感じて、おばばは顔を上げた。

「──おばばさま」

夢見のおばばは驚《おどろ》いて目をしばたたかせた。

「氷知か…。どうしたね」

戸の向こうにいるのは時遠とともに隠し室にいるはずの現影だ。

「入っても…?」

問いかけにおばばは即答《そくとう》した。

「だめだ。血の臭《にお》いが強い」

すぐ時遠の許《もと》に戻《もど》るのなら、血の臭いをまといつかせていってはいけない。

「では、ここで。……螢様は、助かりますか」

静かな声だ。だが、その奥底に様々な感情の揺《ゆ》らぎが確かにある。

時守の地位を脅《おびや》かした螢を、一時は忌《い》み嫌い、命を奪《うば》おうとまでした氷知だった。

それを許されて時遠の近侍《きんじ》の役についているが、本来それは時遠の現影の役目である。

しかし、時遠の現影は未だに産まれていない。

総領の血筋に子が誕生する前に産まれるはずの現影がなぜ産まれないのか。

おばばにもようやくわかってきた。

古《いにしえ》の咒言《のろい》だ。誰《だれ》も気づかないうちから咒言はこの郷にも魔《ま》の手をのばしていたのだ。

菅生の郷で、この十年ほどの間に産まれた子どもは片手の指で足りる程度。

その中で、強い霊力を持っているのは時遠ひとりだけ。

子が産まれないように、そもそも胎《はら》に宿らないように。ひそやかに何かが行われていたとしてもなんら不思議ではない。

術か、呪《しゅ》か。その両方か。

「……おばばさま」

問いに対する答えを乞うように、氷知が呼びかけてくる。

おばばは唇《くちびる》を噛んだ。彼女は夢見の陰陽師だ。昨日からずっと眠《ねむ》らずにいたのは、夢を見たくなかったからだ。

たとえほんのひととき、瞬《まばた》きひとつの時間でも、いま眠れば確実に夢を見る。螢の未来を視《み》てしまう。この血の臭いが彼女にそれを見せるだろう。だから眠りたくなかった。

なのに、瞬きをしたほんの刹那《せつな》に、おばばは見てしまった。長い夢を。希望の終《つい》、その様を。

そして、言の葉にのせればそれは、確実に成ってしまう。

「――――……」

重い沈黙《ちんもく》が流れた。

妻戸《つまど》の向こうでかすかに身じろぐ気配があった。

「……螢様は」

低く、覚悟《かくご》を決めたかのような声が、妻戸越《ご》しに発された。

「……この危急のときにあって、神祇衆の心を支える柱たる方。何があっても、失うわけには、いきません」

ここで、ひと呼吸分の間があった。

「――どんなことをしても、決して」

おばばは息を詰《つ》めた。なんと重く、強い響《ひび》きであることか。

産まれたときから知っている現影《みかげ》がこんな声で話すのを、おばばは初めて聞いたのだった。

前庭で焚《た》いた火に符のなれの果てをくべながら、比古はうなだれていた。

術や占《せん》を使わなくてもわかる。螢の命はあと僅《わず》かだ。

「……比古」

あちこちに符と包帯を巻いている灰黒《かいこく》の妖狼《ようろう》が、気遣《きづか》わしげに顔を覗《のぞ》き込んできた。

符を全部火に入れて筥《はこ》を地面に置き、比古は小さく呟いた。

「……なぁ…どうしたらいいんだよ…」

顔をくしゃくしゃにする比古を、たゆらは悲しげに見つめる。

「比古は…大丈夫《だいじょうぶ》か」

「俺は…いいんだよ、俺は。怪我《けが》はしてるけど、それだけで。でも……」

瀕死《ひんし》の螢と、ここにはいない昌浩《まさひろ》の姿が、比古の脳裏《のうり》をよぎった。

小柄《こがら》な神将は、何かあったらどうにかしてすぐに報《しら》せろとかなり勝手なことを言っていたが、報せる術《すべ》が残念ながら比古にはない。

それに何より、あの昌浩にはいまの螢の状態を報せたくない。

昨日昌浩は、敵に与《くみ》した実兄《じっけい》に完膚《かんぷ》なきまでに叩《たた》きのめされて、このままでは勝てないからとあの狭間《はざま》の路《みち》を使って都に帰ったのだ。

都には安倍晴明がいる。あの大陰陽師《だいおんみょうじ》なら、昌浩が負ったひどい傷だってぱぱっとなんとかしてしまえるだろう。その点は何の心配もしていない。

問題は心のほうだ。

「……昌浩……あいつ、たぶん、兄貴のこと、ものすごく好きだろ」

「そう、なのか」

たゆらは昌浩から兄の話を聞いたことはあまりない。だが、比古が言うならきっとそうなのだろう。

比古は焚き火の前にしゃがみこんで頭を抱《かか》えた。

「そうだよ。なのに、あいつの、たぶん上の兄貴だよな、あれ。……なんで…あんな……」

炎《ほのお》の中の符《ふ》が躍《おど》りながら灰と化していく。

ふいに、半分燃えた符が熱気に煽《あお》られて高く舞《ま》いあがった。

そのとき、赤い閃光《せんこう》が辺りを染めた。

「あ……」

たゆらの声に視線を滑《すべ》らせた比古は、瞬間轟《しゅんかんとどろ》いたひときわ激しい雷鳴《らいめい》に鼓膜《こまく》を叩かれた。

黒雲を切り裂《さ》いて、赤い雷光《らいこう》が暗い空を再び駆《か》け抜《ぬ》けた。

焚き火の炎が高く燃え立った。灰と化していく符から撒《ま》き散らされる火花がぱっと弾《はじ》ける。

炎の中に、いくつもの影が視えた。

どくんと、鼓動《こどう》が大きく跳《は》ねた。

雷鳴が轟く。燃え立つ炎がもがくように震《ふる》え、火柱が高くあがった。

赤い炎に黒いものが視える。すべてを浄化《じょうか》するはずの炎の中に、凄《すさ》まじい陰気《いんき》と妖気《ようき》が蠢《うごめ》いているのがわかる。

それが比古に、信じられないものを視せたのだ。

「………」

なんだ、いまのは。

ふらりと立ち上がった比古は、熱気に翻弄《ほんろう》されながら燃え尽《つ》きる寸前の符の残骸《ざんがい》に手をのばした。

撒き散らされる火の粉の中にひそんでいたほんの僅かな妖気が、小さく爆《は》ぜて炎にとける。

「……な…」

比古は呆然《ぼうぜん》と呟《つぶや》いた。

異様に燃え上がった炎が急激にしぼんでいく。

半分燃え残った薪《まき》から立ち昇《のぼ》る熱い煙《けむり》は色濃《いろこ》い妖気をはらんでいたが、それもやがて消えた。

一筋の白い煙が音もなく天に昇っていく。

「比古、これは」

色を失うたゆらに、比古は強張《こわば》った顔で頷《うなず》いた。

「…呪、だ」

螢の傷に入り込んだ黄泉《よみ》の風が、符に籠《こ》められた霊力《れいりょく》を歪《ゆが》めて捻《ね》じ曲げて、黄泉の呪に変えたのか。

どくんと、もう一度鼓動が跳ねた。

「……いまの、は…」

知らぬうちに口からこぼれた呟きは、半ば掠《かす》れていた。

炎の中に視えたのは、無数の魔物《まもの》。あれは黄泉の軍勢か。

おびただしい数の魔物たちが、囲んでいた。誰を。

昌浩ではなかった。

あちこち引き裂かれた衣《ころも》、焼けただれたような皮膚《ひふ》。無数の爪痕《つめあと》、顔は左半分がえぐられて。

あれは確実に目が潰《つぶ》れている。

よく動けるといっそ感心するほどの満身創痍《まんしんそうい》、とどめは左胸の急所を貫《つらぬ》いた剣《つるぎ》。

「…………」

どくん。鼓動がうるさい。

とどめを刺《さ》したその剣を手にしていたのは、誰《だれ》だ。

引き抜いた剣に伝うしずくを無造作に振《ふ》り払《はら》ったのは。

血溜《ちだ》まりに倒《たお》れた昌浩の兄を、冷たく見下ろしたのは。

どくん。

「……なん…て…こと…………」

胸の奥で、鼓動のひとつひとつが恐《おそ》ろしいほど重く響く。

どうして。味方だったはずだろう。何があった、仲間割れか。それとも実は、裏切りではなかったのか。それを見破られて返り討《う》ちにあったのか。

いいや、そんなことよりも。

思い至った瞬間《しゅんかん》、鼓動がそれまでの中で一番大きく跳ねた。

どくん。

剣を持っていたそれは、真鉄《まがね》の体なのに。

なにをさせた。真鉄の体に、真鉄の手に、いったい、なにを。

「…………っ……」

ひゅっと息を呑《の》んでよろけた比古を、慌《あわ》てたたゆらが支えた。

「比古、どうした、なにが……」

たゆらに寄りかかってずるずると座り込んだ比古は、たまらず顔を覆《おお》う。

「……まが……ね……が……」

「え？」

訝《いぶか》るたゆらの耳に雷鳴が突《つ》き刺さる。

「……真鉄の……手が……」

中身が違《ちが》っていても、その体は間違《まちが》いなく自分の大事な従兄《いとこ》のものだ。

「……あい……つの……兄……貴……っ……を……」

智鋪が、否《いな》、黄泉の鬼《おに》が。

昌浩の兄を、真鉄に殺させた——。

「…………っ…」

叫《さけ》び出しそうになるのを懸命《けんめい》に堪《こら》える比古に、たゆらは黙《だま》って寄りそうしかできない。

赤い閃光が駆け抜けて、重い雷鳴が耳朶《じだ》を打つ。

肩《かた》を震わせていた比古は、顔を覆っていた両手をゆるゆると握《にぎ》り込んだ。

白煙《はくえん》が暗い空にまっすぐのびている。こんなに暗いのに、白い煙が昇っていく様が比古には
はっきりと見える。

細くて頼《たよ》りないその白い筋は、まるで、あえなく散った男のための終《つい》の煙《けぶり》のようだ。

「…………」

比古の様子を窺《うかが》っていたたゆらは、握り締《し》めた彼の拳《こぶし》が小刻みに震えているのに気がついた。

「比古、寒いなら…」

中に入ろうと言いかけて彼の横顔を覗《のぞ》き込んだたゆらは、はっと息を呑んだ。

その瞳《ひとみ》には、燃え上がるような怒《いか》りがあった。

終の煙を睨《にら》み、拳を小さく震わせながら、比古は血が出そうなほど強く唇《くちびる》を噛《か》んだ。

許せなかった。真鉄の体を使ったことも、魑魅《すだま》の術を悪用したことも許せなかった。

自分を惑《まど》わせたことも許せなかった。たゆらを傷つけたことも許せなかった。

心の底から悔《くや》しかった。絶対に真鉄の体を取り戻《もど》そうと思っていた。

しかし、いま比古が感じているのは、これまでに覚えていたそれを遥《はる》かに凌駕《りょうが》するほどの凄

まじい憤怒《ふんぬ》だった。

それはお前たちが汚《けが》していいものじゃない。そんなふうに使っていいものじゃない。

「……っ……！」

あの姿を前にするたびに心が揺《ゆ》れた。あれがひと声でも発すると、紡《つむ》がれる言葉ではなく、耳に届く声音《こわね》に意識が傾《かたむ》いて。

失われたはずの声を聴《き》くたびに、心の一番奥がどうしようもない懐《なつ》かしさで震えていた。

本気で対峙《たいじ》していたつもりでも、どこかで迷いがあったとちゃんとわかっている。

あれは亡骸《なきがら》だ。四年前の奥出雲《おくいずも》の地で、致命傷《ちめいしょう》を負った真鉄の命は尽きたはずだ。そして、灰白の狼《おおかみ》もゆらの魂《たましい》とともに、その体は雪崩《なだ》れた土砂《どしゃ》に呑まれてしまったのだ。

しかし、比古はそれを、その目で見たわけではない。たゆらもだ。

だから、もしかしたらを信じていた。信じたかった。たゆらも同じだろう。

いつか、まったく思いもよらないところであの面差《おもざ》しにもう一度会えることを、願って。

決して口にすることはしなかったが、ふたりともずっとそれを胸の奥に秘《ひ》めていた。

そして、その願いは、これ以上ないほど残酷《ざんこく》な形で叶《かな》えられた。

天を裂く赤い稲妻《いなずま》を睨んで、比古は低く唸《うな》った。

「……許さない」

比古の瞼《まぶた》の裏に焼きついている。炎の中に視《み》えた、成親《なりちか》を貫いた瞬間の智鋪《ちしき》の祭司《さいし》の顔が。

うっすらと嗤《わら》っていた。残忍《ざんにん》な目だった。刺し貫いた成親を、嘲《あざけ》り、侮《あなど》り、蔑《さげす》んで。

「よくも……」

許せない。あんな顔を真鉄にさせたことが。

「……っ」

ふいに、止痛の術と符で抑《おさ》えていた痛みが体を駆《か》け抜《ぬ》けて、比古は息を詰《つ》めた。

「比古っ」

「……、大丈夫《だいじょうぶ》」

慌てたたゆらの首を軽く叩《たた》いて、目をすがめながら比古は痛みをやり過ごす。

そのときだった。

白銀の稲妻がばりばりという轟音《ごうおん》とともに郷《さと》の一角に落ちた。

「！」

比古とたゆらは目を瞠《みは》った。

落雷《らくらい》の震動《しんどう》が郷を駆け抜ける。尾《お》を引く火花にも似た幾《いく》つもの白い閃光《せんこう》が、同心円状に広がっていく。

それが放つのは、赤い雷光《らいこう》とはまったく違う、穢《けが》れを打ち祓《はら》い澱《よど》みを吹《ふ》き飛ばすような波動だった。

比古は思わず立ち上がった。

「……神気…」

白銀の雷《かみなり》がどこに落ちたのか、ようやく比古は思い至った。

先日の落雷で倒壊《とうかい》した社跡《やしろあと》に立てられた榊《さかき》。神籬《ひもろぎ》に神が降りたのだ。

「戻って…きた、のか……」

呟《つぶや》いた比古はほうと息を吐《は》き出した。

郷の鎮守《ちんじゅ》たる菅原道真神が在るべき場所に在れば、陰陽師《おんみょうじ》たちはその力を借りられる。結界《けっかい》を張る作業は格段に楽になるだろう。

比古の背を、たゆらの尻尾《しっぽ》がそっと叩く。傷に響《ひび》かないように、軽く触《さわ》った程度の力で。

「良かった」

嬉《うれ》しそうなたゆらに頷《うなず》きかけた比古は、まったく違う神気を感じてはっと視線を滑《すべ》らせた。

完全に燃え尽《つ》きて煙《けむり》も立たなくなっていた焚《た》き火跡の上空に、光が降りている。

雷の欠片《かけら》のような閃光をまとった透《す》ける人影《ひとかげ》が、比古を見下ろしていた。

それをじっと見上げた比古は、やがて既視感《きしかん》を覚えた。

「…………似てる…？」

何度か瞬《まばた》きをしてからぼそっと呟くと、比古より少し年長に見える面差しが、仄《ほの》かに笑ったように見えた。

いま四歳のはずの時遠が、たとえばあと十五年くらい経《た》ったらこんな感じになるのではないかと思った。ということは。

もう一度目をしばたたかせて、比古は首を傾《かし》げた。

「もしかしなくても……小野…時守」

問いではなく確認《かくにん》の響きに、小野時守は静かに目を細めると、おもむろに口を動かした。

時守の声は耳には聞こえなかった。耳ではなく、頭の中に直接響いてくる。

――螢に伝えてほしい

何をと言いかけて、比古は頭《かぶり》をふった。

「言いたいことは、直接言ったほうがいい。……目を覚ましたら、だけど」

ちらりと邸《やしき》を顧《かえり》みる比古に、時守は悲しげに目を伏《ふ》せた。

――私は、あの子に合わせる顔がない

静かな言葉なのに、なぜか比古にはとても悲痛な響きに聴こえた。

――あの子もきっと、私に会いたくないだろうから

寂《さび》しげな目に、比古は思わずこう返していた。

「それでもさ。言いたいことがあるなら、じかに言ったほうがいいよ。あんたの伝えたいことが、ちゃんと伝わるように」

そして、伝えてほしかったことを、ちゃんと伝えてもらえるように。

「……目が…覚めるか…ちょっと……かなり、厳しいみたい、だけど」

言ってから、比古は思った。自分が言わなくてもきっと時守はそれをわかっているはずだ。

思わず目を伏せた瞬間《しゅんかん》、重い雷鳴《らいめい》が轟《とどろ》いた。落ちてきたしずくがひと粒《つぶ》比古の頬《ほほ》に当たる。

「…あめ？」

視線を上げる。黒雲の奥に隠《かく》れた赤い閃光がうっすらと見えた。

落ちてきたしずくは凍《こお》る寸前のような冷たさで、ぞくりとした比古は慌てて頬を拭《ぬぐ》う。

しずくが落ちてきたのはそれきりだった。このまま雨になるかと思ったのに。

もしかしたら、戻ってきた神が穢れの雨を押しとどめているのかもしれない。

――螢はきっと目を覚ます。……

比古の頭の中にそう響いたとき、時守の姿は既《すで》に消えていた。

2

◇　◇　◇

どこまでもつづく暗闇《くらやみ》の中に、波の音だけが響いている。

凍《こご》えるほど冷たいその場所に降り立った榎　岦斎《えのきのりゆうさい》は、視線をめぐらせて息をついた。

「……さて」

改めて、冥官《めいかん》の言葉を思い起こす。

――何に替《か》えても、いかなる犠牲《ぎせい》を払《はら》っても、玉依姫《たまよりひめ》を取り戻《もど》せ
おそらく、過去最凶《さいきょう》に厄介《やっかい》な、冥府《めいふ》の官吏《かんり》の命《めい》だ。

「何に替えても、とか。いかなる犠牲を、とか。………重い…！」

あまりにも荷が重すぎて、ついつい肩《かた》が落ち背が曲がる岦斎である。しかし、その重さに呑《のん》気《き》に潰《つぶ》れていられるような猶予《ゆうよ》はない。

この夢殿《ゆめどの》の最果てから黄泉《よみ》に向かう葬列《そうれつ》に、玉依姫の魂《たましい》が搦《から》め捕《と》られている。

伊勢《いせ》の海に浮《う》かぶ海津島《あまつ》にある海津見宮《あまつみのみや》。その地下深くに、国土を支える巨大《きょだい》な柱がある。

地御柱《つちのみはしら》と呼ばれるそれは、国土を支える神、国之常立神《くにのとこたちのかみ》そのものである。

人界に穢れの雨が降りつづくのは、国土を支える神たる地御柱が気枯《けが》れてしまったことが根本的な原因だ。

神が気枯れ、国土全体をめぐる気が穢れた。地の穢れが天に昇《のぼ》り、穢れの雨として再び地に落ちてくる。そうやって穢れがめぐった人界は陽気を失い陰《いん》に大きく傾《かたむ》いてしまった。

陰の極《きわ》みは死だ。陰に染まりきって死が満ちれば、そこは死の国になり変わる。黄泉と同じ死の国になれば、黄泉のものたちが跳梁跋扈《ちょうりょうばっこ》する。

死が生を凌駕《りょうが》する。地上を死が埋《う》め尽くし、魔物《まもの》と妖怪《ようかい》が満ち満ちる。

やがて封《ふう》じられていた出口が開き、もっとも恐《おそ》ろしい神が現れて地上を支配する。

それが最古の呪言《のろい》の成就《じょうじゅ》。

そこまで考えた瞬間、戦慄《せんりつ》が背を駆けのぼった。岦斎はそれを追い払うように頭をふる。

「葬列は……」

気を凝《こ》らして探《さぐ》れば、波打ち際《ぎわ》にそって無数の妖気《ようき》が漂《ただよ》っているのがわかる。その軌跡《きせき》は冷たい風が吹いてくる方角につづいていた。

風上にあるのは夢殿の最果てだ。

「あっち、か」

冷たい風で身体《からだ》が急激に冷えた気がして、岦斎は身をすくませた。

呼吸をするたびに冷気が身体の奥底に入り込んで、心の中まで凍えていくような気がする。

「――…もし」

もし、玉依姫の魂を取り戻せなかったら。

そんな想《おも》いが唐突《とうとつ》に湧《わ》き上がった。うなじがぞくっとする。

波の音が急に迫《せま》ってきた。繰《く》り返し打ち寄せる音が、ごく近くで聞こえる。

最果てが近い。ここにいるだけですべてが陰に傾く。陰に染まっていく。

たとえ追いつけても、黄泉の鬼《おに》が立ちはだかるだろう。

勝てるのか。根の国のものに勝てるのか。底の国のものに勝てるのか。

俺はもう、死んでいるのに――。

「………、うわぁ！」

岦斎は突然《とつぜん》声を上げて、自分の両頬をばしばし叩《たた》いた。

「あぶな……危なかった…！」

気づかないうちに、思考が陰に染まるところだった。黄泉の風にただ吹《ふ》かれているだけで、
心の奥底から重苦しい諦《あきら》めや不安、焦燥《しょうそう》がどんどん湧き起こって思考を侵食《しんしょく》するのだ。

それに、冷たい暗闇というのは、それだけでひとの心を縮こまらせていく。

「天照大御神《あまてらすおおみかみ》、天照大御神、天照大御神…」

十言《とこと》の神咒《かじり》を口の中で何度も何度も繰り返す。神名はそのまま力になる。

しかし、人界で唱えるほどの力が湧いてこない。ここが夢殿の中でも黄泉に近いからだろう。

これは相当意志を強く持っていないと、陰に引っ張られてしまう。

「……葬列は、と」

五感すべてを研《と》ぎ澄《す》ませて、玉依姫を連れているはずの葬列を探す。

波の音が絶え間なく響《ひび》く。水が引いて、また寄せてくる。

その拍子《ひょうし》に合わせるように、過去の嫌《いや》な記憶《きおく》や忌《い》まわしい記憶が次々に浮かんできた。

件《くだん》の予言。榎の郷《さと》を出てひとりで各地を回り、留《とど》めの扉《とびら》を作っていた頃《ころ》の言いようのない寂しさ。

「……くそっ」

岦斎は頭をふった。

――私と岦斎は、別に親友というわけではなかった
唐突に思い出された声に、岦斎は心から傷ついた顔になった。

「……いまさら、そんな…」

いや、あいつの言いたいことはわかる。ああいう表現をした理由もわかっているつもりだ。

けれども、いまこの状況《じょうきょう》で、寂しさや苦しみ、つらかったこと、嫌な記憶がとめどなく湧いてくる中で、昔と変わらないあの声の、すげない口調が寸分違《すんぶんたが》わず聞こえてくると、胸の奥に

ぐさりと突《つ》き刺《さ》さって本当に痛くなってくる。

「…………」

岦斎はうなだれた。痛い。ずきずきと、重く鈍《にぶ》く。

痛みは負の念を生む。ただでさえ死人《しびと》である彼の心は生者より陰に近いのに。

岦斎は何度も首を振《ふ》った。ゆっくりと深呼吸を繰り返す。冷たい風を吸い込むとしても、やらないよりはましだ。

「……忘れろ。いま大事なことを思い出せ」

そのことだけを考えろ。

暗闇の彼方《かなた》を見はるかすようにしながら、岦斎はこの夢殿のことを考えた。

夢殿には、死者と、妖《あやかし》と、神が棲《す》む。しかしそれらはひとところに棲んでいるわけではない。

神と妖が入り交じることはほとんどなく、死者がそれらの領域に入ることも稀《まれ》だ。

夢殿に棲む妖は、最果てに近いところにいる。だが、最果てには近づかない。最果ては黄泉との、根の国との狭間《はざま》。妖にとっても根の国は異界なのだ。

「ええと、確かあっち…」

呟《つぶや》きながら、それまで被《かず》いていた衣《ころも》に袖《そで》を通した。

この墨染《すみぞめ》の衣は、冥官の僕《しもべ》になったときに与《あた》えられたものだ。死人の証《あかし》ともいえる穢《けが》れを絶えず浄化《じょうか》し、最果てから吹いてくる黄泉の風に陽気を奪《うば》われるのを防いでくれる。

岦斎は死者だが、冥官直属の配下なので死人にしては陽気が強い。だからこそ、生前と同じ人格を保っていられるのである。

けれども、もし陰気《いんき》に触《ふ》れつづけると、生気は削《そ》がれて心が歪《ゆが》む。さっきから嫌なことばかりが浮かんでくるのはその予兆だ。これがつづくとやがて意識も記憶も保てなくなる。

陽気がなくなってしまったら、岦斎はこの姿でいられなくなるだろう。

冥官の僕《しもべ》としての岦斎には宿体がない。心と記憶がこの仮の身体を形作り、生者と同じ血の通ったものにしているのだ。

黄泉の風はこの身を保つ力を削いでいく。墨染の被衣《かずき》は、この夢殿の最果てに近い場所で岦斎が消えないためにどうしても必要なものなのだ。

余談だが、いつも被いているのは顔を見られないようにするためである。僕《しもべ》に個は必要ないとの冥官のお達しで。

しかし本当はそれだけではないことを岦斎は知っていた。

冥府に官吏は数多いが、王族直属はあまりいない。

冥府の中でも競争がある。つまるところ、小野《おの》 篁《たかむら》は存外敵が多いのである。

あの性格ならさもありなん、と岦斎は思っている。ちなみに彼がそう思っていることを、おそらく冥官は知っている。

官位などの関係で冥官本人にぶつけられないものを身分の低い僕に向ける輩《やから》もいなくはない。

そこは人界の朝廷《ちょうてい》とよく似ている。

この夢殿や、黄泉に近いところ、境界の川の周辺、冥界《めいかい》の門付近などに現れる化け物や魔物を討《う》つのも、冥官《めいかん》の役目のひとつだ。そういった冥官にかなわないものが、僕に目をつけることもままある。

岦斎は陰陽師《おんみょうじ》だが死人だ。鬼の冥官より狙《ねら》われやすい。いらないところで顔を覚えられないように配慮《はいりょ》してくれているのだと、岦斎は信じている。

違《ちが》うかもしれないが。

「まぁ、本当に俺の個を消したいだけだったりするかもしれないけど…」

何しろあの男は冥官なのだ。この五十余年、数えきれないほど命令を遂行《すいこう》し指示に従ってきた。やばいこのまま消えるかも、と覚悟《かくご》した事案もひとつやふたつではない。

それほど大変な思いをしてきたのに、冥官がねぎらいや誉《ほ》め言葉のひとつもかけてくれたことはない。

罪を償《つぐな》うために働かされているのだから、それもまた当然。――当然、では、あるのだが。

「…なんか……せつない」

岦斎はぽつりと呟いた。いつもならこんなことは考えないのに、なぜか途方《とほう》もない切なさがぐわっとこみあげてきた。

「………いかんいかん」

過去の寂しさや悲しみ、つらさや痛みを抑《おさ》えこんだら、今度は切なさが襲《おそ》ってきた。それも、わざわざもっとも切なくなるような物事を、無意識に選別しているような気がする。

いや、確実に選別しているのだ。黄泉《よみ》の風に反応した岦斎の中の負の部分が、心をより陰に傾《かたむ》けて染めるように。

「思い出せ。俺の人生、死ぬ前も死んでからも、嫌なことばかりじゃなかった、はず」

気持ちが明るく軽くなるようなことを全力で思い出す。

たとえば、親友の孫を救って、孫本人に感謝されたこととか。あれは間に合ってよかった。

あの子の力になれたことは岦斎自身の救いにもなった。

それからずっと、頑張《がんば》っている姿を見てきた。とてつもない術を使ったところも、身分違いにはっきり気づいてしまってつらい思いを抱《かか》えていたところも、夢に現れた未来を聞かされて覚悟を決めたところも。

「……あんなに頑張ってたのに…残り二年…………うぁ、またか」

はっとして岦斎はまた頭《かぶり》をぶんぶんふった。

ここはだめだ。何を考えても、無意識のうちに暗く冷たいものに引きずられる。

天照大御神の名では力が足りなかったか。

「夢殿《ゆめどの》の大神、夢殿の大神、祓《はら》い給《たま》え清め給え、祓い給え清め給え」

黄泉の狭間に近いここに神の力はほとんど届かない。それでも、この夢殿に住む神名と神咒を繰り返し唱えれば、少しはましになる。と、信じたい。

岦斎は自分の頰《ほほ》を叩いた。

目を閉じて耳を澄ませた。波打ち際《ぎわ》の遥《はる》か先に意識を集中させる。

「……いた」

黄泉の風に、本当にかすかな歌声がのってきた。

この歌は葬列《そうれつ》を先導する。黄泉の咒言《のろい》で命を絶たれてしまった者たちは、魔物《まもの》とともにあの葬列に加わって黄泉に向かうのだ。

まがいものの母親に惑《まど》わされて黒蟲《くろむし》に囚《とら》われた当代の玉依姫《ひめ》は、葬列のなかにいる。

岦斎は波打ち際に沿って駆《か》け出した。

風に散らされているが、葬列を為《な》す鬼《おに》たちの放った陰気が漂《ただよ》っている。

徐々《じょじょ》に薄《うす》まっていくそれを追う岦斎の胸に、疑問が生じた。

宿体を生かしたまま命を搦《から》め捕《と》り、葬列に加えたのはなぜだ。

玉依姫は神ではなく、神の声を聴《き》き神に祈《いの》りを捧《ささ》げる巫女《みこ》である。玉依姫の任につくとその身は時を止め、長い長い、永劫《えいごう》にも等しい時間を生きることになる。

けれども不死ではない。事実、先代の玉依姫はその身に深い傷を負って死んだ。玉依姫となったときから人の身をはずれているから亡骸《なきがら》は残らないが、人と同じように致命傷《ちめいしょう》を負えば死ぬのである。

当代の玉依姫である斎《いつき》は、三柱鳥居《みはしら》を降りた地の底にある地御柱の間で、宿体から霊体《れいたい》を抜《ぬ》かれたのだ。

抜くことができるなら、息の根を止めることもできたはず。また、ほかの人間たちのように死に至る咳《せき》の病を植えつけることもできただろうに、黄泉の鬼はそれをしなかった。

黄泉の入り口が開いているいま、斎をそのまま黄泉に連れ去ることも可能だったはずだ。

生者は黄泉に入ればあっという間に陽気を失って死者となる。死の国に入って死ぬことで、死の国の住人としてある種生まれ変わるのである。

ふいに、波の音が強くなった。

妙《みょう》に気になって、昌斎は暗闇《くらやみ》に視線を走らせた。

どこかで水が荒《あ》れているのか。

そう思った瞬間《しゅんかん》、おびただしい量の魂《たましい》の波動が、いずこかに躍《おど》り出たのを感じた。

「なんだ…!?」

昌斎は思わず立ち止まった。

首をめぐらせても、見えるのはどこまでもつづく暗闇ばかりだ。

先ほどの波動はここからかなり離《はな》れたところに出てきたものだろう。

狭間に近いここから見えない場所。果たしてそこは夢殿なのか。夢と現《うつつ》の狭間なのか。

感覚を研《と》ぎ澄《す》ませて探《さぐ》っていた昌斎は、新たに凄《すさ》まじい数の魔物の気配を捉《とら》えた。

それまでまったく存在していなかったそれは、先ほどの魂の波動と同じように、どこかに突《とつ》如《じょ》として出現したのだった。

「……これは…」

おびただしい数の魔物が放つ妖気《ようき》が激しく渦《うず》を巻いているのが伝わってくる。

闇の彼方《かなた》に意識を向けた。目ではないところで視《み》ているのについ目を凝《こ》らしてしまうのは、肉体を持っていたときの感覚がまだ抜けていないからだ。

五十余年も経《た》っているのに。たまにおかしくなって笑ってしまうこともある。が、さすがにいまはそんな余裕《よゆう》はなかった。

「あっちか…？」

自分の直感を信じて一方向に狙いをさだめ霊力《れいりょく》を飛ばした岦斎の視界に、死に物狂《ものぐる》いで飛ぶ無数の魂蟲《たまむし》と、それを追う数えきれない黄泉の魔物たちが飛び込んできた。

岦斎は息を呑《の》んだ。

「どこから湧《わ》いた…⁉」

人界にたくさんの死者が出ていることは岦斎も知っている。ならば、黄泉の咒言と咳の病で死した者たちの魂蟲だろうか。宿体から吐《は》き出されたところを黄泉の風や陰気に捕《つか》まって、ここに引きずり込まれたのか。

しかし、様子を窺《うかが》っているうちに岦斎は妙なことに気がついた。

無数の魔物たちは、魂蟲の群れを黄泉の入り口に追い立てているのではなく、追いかけているように見えるのだ。

魂蟲たちが向かっているのは風下だ。黄泉の風が吹《ふ》いていく先。

あの風が吹いていくのは、人界に幾《いく》つも穿《うが》たれた出口のどこか。

本来であれば、呼吸を阻《はば》む咳の病で体から引きずり出された魂蟲は、陰気《いんき》の風に搦め捕られて黄泉の入り口に招き寄せられていくはずなのに。

魂蟲の群れの様子は、まるでそこから逃《に》げてきたかのようで。

信じられない思いで岦斎は呟《つぶや》いた。

「…まさか、入り口の大磐《おおいわ》で、なにか…？」

暗く冷たいおどみの殿《あらか》にある、道反《ちがえし》の聖域にある千引磐《ちびきのいわ》によく似た大磐が黄泉の入り口だ。

岦斎はそこに近づくことができない。死人である彼が近づけば、否《いや》が応でも引きずり込まれたが最後、瞬《また》く間にすべての陽気を削《そ》がれ二度と出てくることができないからだ。

冥府《めいふ》の官吏《かんり》も同様である。

黄泉に入れるのは、生にも死にも深く関《かか》わる陰陽師のみ。それも、岦斎のような死んだ陰陽師ではなくて、生きている陰陽師だけなのだ。

「……陰陽師」

呟いた岦斎ははっと息を呑んで、魔物の放った妖気の軌跡《きせき》を逆にたどり、霊力を黄泉の入り口に向けた。

黄泉の国と磐を挟《はさ》んだだけのそこは、暗く冷たい陰気が重く澱《よど》んで凝《こご》っている。

ほんの少し力を飛ばすだけでも相当消耗《しょうもう》することはわかっていたが、嫌《いや》な予感の正体を確かめずにいられない。

生きたまま黄泉の陣営《じんえい》に与《くみ》した陰陽師《おんみょうじ》が、いる。

敵の内に入り込み、黄泉の入り口間際に立ち入ることのできる陰陽師が。

岦斎の胸の奥にすうっと落ちる冷たいものがあった。

脳裏《のうり》をよぎるのは冥官《めいかん》の険相。忌々《いまいま》しげな表情の中に、いま思えば別の色がなかったか。

そうあれは、自分やほかの部下たちに命を下すときの、決して失態を許さない上官の目だ。

ほんの僅《わず》か、違和感《いわかん》があったのだ。あの冥官が狙《ねら》った獲物《えもの》を取り逃がしたことに。

手加減をした素振《そぶ》りは一切《いっさい》なかった。おそらく冥官は本気で命を獲《と》りにいった。

だから、逃がして忌々しげにしていたのもきっと本当。

しかし、それだけではなかったのだとしたら。

本気の冥官から逃げられるほどの技量を持った、陰陽師。

暗く冷たいおどみの中に飛ばした霊力を通して、岦斎は視た。

「…………」

夜闇より暗く、凍《こお》りつきそうな陰気が満ち満ちた、根の国に入る磐の前。入り口の扉《とびら》である磐は半分開いて黄泉の風が絶えず吹き出している。

そのすぐ近くに倒《たお》れたままぴくりとも動かないその男の顔を、岦斎はよく知っていた。

誕生の頃《ころ》から冥府でずっと見ていたのだ。見間違《みまちが》うことはありえない。

一瞬《いっしゅん》、むせ返るほどの鉄の臭《にお》いをかいだ気がした。

「…………っ……！」

岦斎は思わず顔を覆《おお》った。

胸の奥がえぐられたように痛かった。

抜け殻《がら》の骸《むくろ》。魂は黄泉《よみ》に引きずり込まれたのか、亡骸の近くにはいない。

一度でも黄泉に与した者が、冥府にいけるわけはない。

あの男の魂は、転生の輪に入ることもできず、未来永劫《みらいえいごう》黄泉を彷徨《さまよ》うのか。

「……なんて……ことだ…っ」

ならばせめて亡骸だけでも人界に、家族たちの許《もと》に還《かえ》してやりたいと思うのに。

岦斎にはそれができない。還すどころか、あの場所に近づくこともできないこの身が歯がゆいばかりだった。

吹きつけてくる風が強まった気がした。入り口に霊力を向けたことで路《みち》がつながり、磐から吹く風が岦斎の許に流れ出ているのだろう。

風の中に妖気が混じっている。新たな魔物たちが磐の隙間《すきま》から這《は》い出てこようとしているのかもしれない。

霊力の軌跡を捉《とら》えられたら厄介《やっかい》だ。

感情を全力で押し殺し、右手で結んだ刀印《とういん》を一振《ひとふ》りしてのばしていた霊力を断《た》つ。おどみの中に残った霊力の欠片《かけら》は瞬く間に枯《か》れて消えるはずだ。

泣く寸前の顔で頭《かぶり》をふった岦斎が、葬列《そうれつ》を追おうと身を翻《ひるがえ》したときだった。

足元に打ち寄せてくる水が、不自然に揺《ゆ》らいだ。

「ん…？」

気づいて視線を滑《すべ》らせた瞬間、水底から白いものが浮《う》き上がり、飛沫《しぶき》をまといながら躍り出てきた。

岦斎は目を瞠《みは》った。

小柄《こがら》な魂蟲が一羽《わ》、漆黒《しっこく》の水面《みなも》の上をよろめくように舞《ま》っている。

弱々しい羽ばたきは止まりがちで、ともすると水に落ちそうになる。そのたびに懸命《けんめい》に翅《はね》を動かす様は、諦《あきら》めそうになりながらも必死で足掻《あが》いているようにも見えた。

「…………」

岦斎は眉《まゆ》をひそめた。この魂蟲はどこから来たのだろう。水底から浮かんできたということは、人界からではない。

先ほど躍り出てきたおびただしい数の魂蟲たちと同じなら、あの黄泉の入り口から出てきたのだろうか。

岦斎ははっとした。もしかして。

「……俺の霊力に引き寄せられてきた、か…？」

術で断つ前にのばされた霊力を見つけ、消える間際《まぎわ》の軌跡をたどって岦斎のところに出てきた。そう考えるのが正しい気がした。

それにしても。

「随分《ずいぶん》、光の強い…」

小柄なのに、ほかの魂蟲たちよりひときわ白く輝《かがや》いている。

この大きさは、おそらく子どもだ。幼子というほどではないにしても、子どもなのは間違いないと思われた。

岦斎は魂蟲に手を差しのべた。このままここに漂《ただよ》っていたら、冷たい黄泉の風に生気を削がれて力尽《ちからつ》きてしまう。

人界に連れていってやれば自然と宿体に戻《もど》っていくはずだから、一旦《いったん》保護しておいて冥官の命《めい》を遂行《すいこう》してから――。

ふいに、魂蟲の放つ白い光の中に赤が混じった。

岦斎は目を見開いた。

「………え」

いま見えた赤い光。その波動に覚えがある。道反大神の神気によく似た、強い加護の力だ。

啞然《あぜん》とする岦斎の前で、魂蟲《たまむし》は一瞬ひとの姿になった。

目を閉じて耳をふさぎ、身体《からだ》を丸く縮こめているその姿は、勾玉《まがたま》の形にも見える。

それが視《み》えたのはほんのひと呼吸分の短い時間だった。

『たす…け…て……』

か細い声が岦斎の耳朶《じだ》を掠《かす》めて消えた。

再び蝶《ちょう》の姿に戻ると、力尽きてしまったのか、羽ばたくことをやめてひらひらと落ちていく。

白い蝶が水面に触《ふ》れる寸前、岦斎の手がそれを受けとめた。考えるより先に体が動いていた
岦斎は、困惑《こんわく》しながら魂蟲を見つめる。

「…わぁ、どうしよう」

思わずこぼれ出た呟きは弱り果てた声音《こわね》だ。

これは、咳《せき》の病で宿体から引きずり出され泉津日狭女《よもつひさめ》に奪《うば》われた、内親王脩子の魂蟲だ。

神代《かみよ》に封《ふう》じられて固く閉《と》ざされた黄泉の入り口と出口の大磐は、鍵《かぎ》がなければ開かない。

鍵は、神の血と、神に連なる者の血と、神の後裔《こうえい》の血だ。

咳の病にかかった者は、おびただしい量の血を吐《は》いて、血まみれの魂蟲を吐き出す。

泉津日狭女が真に欲《ほっ》していたのは魂蟲ではなく、魂蟲にまといついた脩子の血。

脩子は天照大御神の後裔。それも、久方ぶりに産まれた、天照大御神の分御霊《わけみたま》だったから。

そこまで考えて、岦斎は唐突《とうとつ》に思った。

黄泉の軍勢が様々な策を積み重ねた上で古《いにしえ》の咒言《のろい》を発現させているいま、まるでめぐり合わせたように天照大御神が地上に降りているのは、果たして偶然《ぐうぜん》なのだろうか。

もし偶然でないなら、脩子という天照の分御霊が存在していることには意味があるはずだ。

「……なら、人界にいないと、まずいよな」

手のひらの蝶は動かない。力尽きてぐったりしている。

「急いで戻す…や、でも」

こうしている間にも葬列は根の国に近づいているのだ。魂蟲を人界に戻している間に玉依姫《ひめ》の魂が根の国に入ってしまったら、地御柱が壊《こわ》れる。

岦斎はどこを見るでもなく視線をあちこちに動かした。

「どうする、どっちを先に」

どちらも急を要するのだ。どちらが欠けてもまずい。

葛藤《かっとう》していた岦斎は、だから気づくのが遅《おく》れた。

暗闇《くらやみ》の中に、いつの間にか魔物《まもの》たちがひそみ、近づいていたことに。

「うう、先に……」

葬列から斎の魂を取り返して海津島にある宿体に戻すことを優先させようと、ようやく選択《せんたく》して風上に向き直った刹那《せつな》。

岦斎の耳は低い唸《うな》りを捉えた。

反射的に飛び退《すさ》る。波打ち際に着地すると、彼がさっきまで立っていたところに激しい飛沫が上がった。

闇の中に幾《いく》つもの影《かげ》があった。目を凝《こ》らせば、赤や黄、黒の眼《まなこ》がぎらぎら光り、岦斎を射貫《いぬ》こうとしている。

完全に包囲されている。

足首までだったはずの水が膝《ひざ》まで上がってきた。

水かさが徐々《じょじょ》に増してくる。陰気《いんき》に満ちた水だ。浸《つ》かっているところから、熱とともに霊《れい》力《りょく》を奪い取られていくのが感じられた。

魔物の様子を窺《うかが》いながら、岦斎は口元に刀印を当てて小さく唱えた。

「……霊《たま》の糸、魂《たま》の糸。繰《く》り紡《つむ》ぐ糸よ、繭《まゆ》となせ」

胸の奥、心の内に、魂がある。それは勾玉をふたつ組み合わせた、円い形をしている。

本当にそうなのか、実のところ岦斎にはわからない。

だが、そう思えばそのように成るのだ。陰陽師《おんみょうじ》の言霊《ことだま》がそれを成す。

死人であっても、岦斎は陰陽師である。

勾玉のような魂を思い描《えが》く。その尾《お》から霊力を糸のように繰り紡ぎ、脩子の魂蟲に幾重《いくえ》にも巻きつける。蚕が糸で己《おの》れを包み込むように、魂蟲をくるみこむのだ。

翅を小さくたたんだ魂蟲をくるんだ繭は、うずらの卵ほどの大きさになった。この繭が破られさえしなければ、中の魂蟲はいかなるものからも守られる。

霊の繭を懐《ふところ》にしまった岦斎は、自分を包囲する魔物たちを素早《すばや》く見回した。

数えきれない、としか表現しようのない数だった。

深く深呼吸して、岦斎は刀印を掲《かか》げた。胸の内で夢殿《ゆめどの》の大神と唱える。

「禍《まが》ものを討《う》ち祓《はら》い給《たま》え！」

声を張って刀印を振り下ろす。

最果てに近い場ながら、かろうじて夢殿の神に聞き届けられたのか。

刀印の切っ先から放たれた霊力に神の通力が宿り、包囲網《ほういもう》の一角に打ち下ろされた。


暗闇の中を整然と進んでいた葬列が突然《とつぜん》乱れた。

後方から生じたざわめきが迫《せま》ってくるのを感じて、斎は振り返ろうとした。

しかし、ぼろぼろの衣《ころも》を被《かず》いた者がそれを止める。

斎は不安げな面《おも》持ちで顔を上げた。

「……かあさま」

斎自身が驚《おどろ》くほど、その呼びかけは掠れて揺れていた。

「こわい。なにか、くる」

焦点《しょうてん》の合わない瞳《ひとみ》が揺れる。

後ろから、恐《おそ》ろしいものがくる。それは、大好きな母と自分を引き離《はな》すものだ。

自分の手を摑《つか》む、鋭《するど》い爪《つめ》を具《そな》えた冷たい指にもう一方の手を添《そ》えて、斎は身震《みぶる》いした。

「こわい。かあさま。いつきを、まもって」

「神に祈《いの》れ」

抑揚《よくよう》のない、うめきにも似た野太い声が落ちてくる。

「…かみ……いのる…」

「そうだ。神に祈れ。我らの神に」

どこも見ていない斎の目がさらに澱《よど》んだ。

「うん…かあさま……いのる……かあさまの……いつき…いのる……かみ…に……」

たどたどしい舌足らずな声が、冷たい黄泉《よみ》の風にとけていく。

斎の手首を摑んだ冷たい指は、太く、固く、やけに節張っている。

それに額を押しつけて、斎は瞼《まぶた》を閉じた。

だいすきなかあさまのゆび。かあさまのて。かあさまのうで。

「……かあ…さま……かみ……は……いつ…きの……かあ…さま…」

かあさま。だいすき。かあさま。かあさま。だいすき。かあさま――。

「喜べ。神に捧《ささ》げられることを」

「うん……」

心から嬉《うれ》しくてたまらなく嬉しくて、斎は満面の笑《え》みで頷《うなず》く。

この身はとうに神に捧げられている。なのに、また捧げてもらえるのだ。それも、我が君ではなく、母の祈る神に捧げてもらえるという。喜び以外のなにがあるというのだろう。

無上の幸福が全身を満たしていた。天にも昇《のぼ》る心地《ここち》とはこれをいうのだと思った。

いつも捧げていた祈り。それだけでは足りなかったのだ。だから母が迎《むか》えにきてくれた。

もうどこにもいないはずだった母が。

「…………」

ふと、よくわからないものが胸をよぎった。

心のどこかでささやくものがあった。

――こんなに、かたかった？

「…………かあ、さま…」

ぼんやりと呟《つぶや》いて、斎はかすかに瞼を震《ふる》わせた。

かあさまのゆびは、もっとほそくはなかった？

かあさまのては、もっとあたたかくはなかった？

かあさまのうでは、もっとやわらかくは、なかった…？

「……かあ、さま」

のろのろと顔を上げる。言いようのない不安が斎の瞳を震わせる。

いまやさしくてをひいてくれているのは、かあさま。

「止まるな」

母は、被衣《かずき》の下から冷たい声を落とす。無造作に摑んだ手首を急《せ》かすように乱暴に引く。

「祈れ。何も考えずに祈れ。すべて忘れて祈れ」

祈れと繰り返されるたびに斎の目から光が抜《ぬ》け落ちていく。

とろりと濁《にご》った目に映るのは、美しく優《やさ》しく微笑《ほほえ》む母の姿だ。

「祈れ。我らの神に。祈れ。命を捧げて祈れ」

「……いの…る………いのる………いのちを…ささげて……いのる……」

引かれるままに足を進めながら斎は紡ぐ。

被衣の下の眼がぎらぎら光り、三日月の形をした口が動いた。

「――の、ろ、え」

のろえ。のろえ。のろえ。

かみにのろえ。すべてをのろえ。

しんだははにだかれるゆめをみながらのろえ。ゆめにおぼれてのろえ。

いのちをささげてのろえ。ささげつくしてしぬまでのろえ。

のろいきればこいしいはのもとにおくってやろう。

あんねいのしをくれてやろう。

「呪《のろ》え」

冷たい響《ひび》きに、斎は緩慢《かんまん》に頷く。

「…いのる……」

「呪え」

「……いの…る…」

「呪え」

「…る……い……の……ろ…」

ぞくりとした震えが全身を駆《か》け抜ける。痛いほどの拒絶《きよぜつ》で胸の奥がひりついた。

――いや。

それはできない。そんなことをしたら、かみが。

かみが、けがれる――。

「呪え」

刻みつけてくるような重い唸《うな》りに、斎の顔から怯《おび》えも不安も完全に消え失《う》せる。

小さな唇《くちびる》が、震えながら歪《ゆが》んだ。

「……う…」

喉《のど》が強張《こわば》る。胸の奥に重く冷たいものが凝《こご》って落ちる。

「…の……ろ…う……のろ…う……のろう」

繰り返すたびに斎のまとう空気がにごって澱んでいく。

「のろう……のろう…のろう……の……」

光を失った目から涙《なみだ》がひと粒《つぶ》こぼれ落ちた。

「……のろ、う…のろう……」

「そうだ。呪え」

いやだ。いやだ。いやだ。いやだ。いや、だ――。

「……かみを…のろう」

かすれ声が唇から発されるたび、黒い羽虫のようなものが四方に飛び散っていく。

陰気《いんき》をまといつかせる斎を見下ろして、ぼろぼろの被衣の陰《かげ》で鬼《おに》の形相がにたりと嗤《わら》った。

◇　◇　◇

3

◆　◆　◆

激しい雨に打たれながら軒下《のきした》に飛び込んだ安倍昌親《まさちか》は、水を吸って重くなった蓑《みの》を肩《かた》から外しながら息を吐《は》き出した。

「参った…」

蓑がまるで役に立たないほどの雨に打たれて、昌親のまとう直衣《のうし》と狩袴《かりばかま》はずぶ濡《ぬ》れだ。

黒雲を見上げて昌親はぼやく。

「……あのまま参議邸《てい》に泊《と》めてもらえば良かったかな」

甥姪《おいめい》たちに、成親が子どもだった頃《ころ》の昔語りをして、つい長居をしてしまったので慌《あわ》てて辞去してきたのだ。

甥たちと姪、参議邸の女房《にょうぼう》、家令や雑色《ぞうしき》までも夜道を心配して引き留めてくれたのだが、昌親はそれを丁重《ていちょう》に辞退した。

そのまま向かったのは自邸《じてい》ではなく大内裏《だいだいり》だった。

「おや、昌親殿《どの》？」

階《きざはし》の上から呼びかけられる。陰陽部《おんみようぶ》の寮官《りようかん》だ。

「うわ、大変だ。待っていてください、いま布を」

昌親がずぶ濡れであることに気づいた寮官は慌てて奥に駆けていき、程《ほど》なくして乾《かわ》いた手巾《しゆきん》を何枚か持ってきてくれた。

「どうされました。随分《ずいぶん》前に退出されたのでは…」

「ああ。ちょっと用事を思い出して」

渡《わた》された布で顔を拭《ぬぐ》った昌親は、自分を見下ろして息をつく。この濡れ具合、布で押さえた程度でどうにかなるものではない。

ここに十二神将の白虎《びやつこ》か、天后か玄武《げんぶ》がいてくれたらなとつい考えてしまう。白虎と同じ風将であっても、太陰《たいいん》にはこういう繊細《せんさい》さが必要な作業を頼《たの》んではいけないとよく知っているので最初から除外だ。

「ひどい有様ですね。そのままだと冷えて、や…風邪《ふうじや》に、やられますよ」

奇妙《きみよう》に強張った顔で言いよどんだ寮官に、昌親は穏《おだ》やかに頷《うなず》いた。

「ああ、大丈夫《だいじようぶ》。宿直《とのい》の間に替《か》えを置いてあるから」

ずっと雨続きなので、寮官たちはみな濡れたときのための替えの衣《ころも》を寮に置いているのだ。

寮官が言いかけたのは、いま禁中や都に蔓延《まんえん》しているあの咳《せき》の病のことだろう。あれにやられたものがどうなるのかを思い出して慌てて言い換《か》えたのだ。

「そうだ。敏次殿《としつぐどの》は退出したのかな」

ふと思い出して水を向けると、寮官はほっとした様子で少し嬉《うれ》しそうに頷いた。

「はい。戌《いぬ》の刻終わりにここを出たので、もう邸《やしき》についているかと」

亥《い》の刻を告げる鐘鼓《しょうこ》が鳴ってから四半刻は過ぎていますので、とつづける寮官に、昌親は笑《え》みを返した。

「そうか。良かった」

「はい。では、私はこれで」

「ありがとう」

宿直に戻《もど》る寮官を見送った昌親は、そのまま天文部署に向かった。

肩や胸をぱたぱた払《はら》いながら水気を飛ばす呪文《じゅもん》を呟《つぶや》くと、少しだけましになる。先ほどの寮官にはああ言ったが、いまは着替《きが》えをする間も惜《お》しい。

天文部署は無人だった。宿直の間には何名か残っているが、この時刻には大抵誰《たいていだれ》もいなくなるのだ。

入り口付近には簀子《すのこ》の軒に下がっている釣《つ》り燈籠《どうろう》の明かりが届いているが、奥は真っ暗だ。棚《たな》から手燭《てしょく》と蠟燭《ろうそく》を出して釣り燈籠の火をもらい、足元を照らして進む。

天文博士の席の近くに、天球儀《てんきゅうぎ》と六壬式盤《りくじんちょくばん》がある。

壁際《かべぎわ》にまとめられていた燈台《とうだい》をひとつ持ってきて手燭の火を移し、式盤の前に腰《こし》を下ろすと、昌親は真剣《しんけん》な面持《おもも》ちで盤を回した。

燈台と手燭のふたつの炎《ほのお》が放つ橙色《だいだいいろ》の光が昌親の手元を照らしてくれる。

参議邸を辞して、自邸ではなく大内裏の陰陽寮《おんみょうりょう》に戻ってきた目的は、これだった。

ゆっくりと盤を回しながら昌親は呟いた。

「兄上は、どこに……」

出仕《しゅっし》したまま戻ってこない成親。誰《だれ》にも何も告げず行方《ゆくえ》をくらませてしまった。

何か理由があって、自らの意思で戻ってこないのか。それとも、なんらかの事件に巻き込まれて戻りたくても戻れない状況《じょうきょう》に陥《おちい》っているのか。

これは、父親の帰りを待つ子どもたちのためだけではない。

昌親自身がいま、とてつもない不安を感じているのだ。

子どもたちに乞《こ》われて昔語りをしているうちに、ふっと湧《わ》いてきた不安が瞬《また》く間に膨《ふく》れ上がって打ち消せないほどになった。

それを昌親は、ただの思い過ごしだと信じたかった。占《せん》じる必要もなかったと、安心したかった。

何ごともなく成親が戻ってくればすべて笑い話にできる。あとで話したら、お前はときどき肝《きも》が小さくなるなぁと苦笑《くしよう》されるだろう。それでいい。

からからと盤を回し、天と地を合わせる。いまは亥の刻半ば。

盤をじっと見つめる昌親の額に、冷たい汗《あせ》がにじんだ。

「……なんだ、これは…」

焦燥《しようそう》と困惑《こんわく》に満ちた呟きがこぼれ出た。

昌親はおそらく兄弟たちの中でもっとも占《せん》が得意だ。祖父の晴明にはまだまだ及《およ》ばないが、父吉昌《よしまさ》には、そろそろ抜《ぬ》かれそうだなと感心されるまでになっている。

何を占じるのだとしても、どんなに心が逸《はや》っていても、盤上に示された占果をひとつひとつ丁寧《ていねい》に読み解いていけばそれでいい。

それでいいはずなのに。

示されているものが読めない。読めないというより、これまでに積み重ねてきた知識と経験によって弾《はじ》きだされるはずのものが、まったく浮《う》かんでこない。盤に書かれた文字の意味する事象を思い出そうとするそばから何かに掻《か》きまわされて消えていく。

天盤と地盤《ちばん》が示すものの意味は理解しているのに、組み合わせることによって表される占果がまったく読み取れないのだ。

「…………」

昌親の鼓動《こどう》が不自然に跳《は》ねた。

こんなことは初めてだ。いったい何が起こっているのか。

胸を押さえて深い呼吸をしながら、昌親は己《おの》れに言い聞かせた。

「……落ちつけ。こういうときは…」

記憶《きおく》の底にある父や祖父の教えを手繰《たぐ》り寄せる。

占果を読み取れないとき、理由はいくつか考えられる。

ひとつ、触《ふ》れてはいけないものであるとき。

ひとつ、対象となるものが、占者自身の運命に深く関《かか》わっているとき。

また、成親は昌親の肉親だが、彼の現在の居所を知ることが昌親の運命に大きく関わるものかというと、果たしてどうだろう。たぶん、それはないと思う。

昌親がいま占で知りたいのは、成親の居所だ。触れてはならないものではないはず。

ひとつ、対象となるものが、この世界に存在していないとき。

このふたつを一応除外するとなると、この世界に存在していない、ということになる。

しかし、存在していない、というのは。

いくつかの可能性がある。その中の最悪を、あえて除外している自覚はあった。

「……ええと」

この世界には、人界だけではなくて無数の界があるのだ。

境界の狭間《はざま》に迷い込んだこともある。弟と祖父が尸櫻《しおう》と呼ばれる桜の界に引き込まれたことも聞いているし、天狗《てんぐ》が棲《す》む異境が愛宕《あたご》に存在していることも知っている。

もし、兄がいま、人界ではないところにいるなら、占果が読み取れないことの説明はつく。

「……人界でないなら、どこだ…？」

昌親はもう一度盤を回した。ここにいないのなら、行方を知るための手掛《てが》かりはどこにある。

集中して盤を慎重《しんちょう》に読み解く昌親は、背後に近づいてくる足音に気づかなかった。

盤が示した方角と位置を都に照らし合わせて、昌親は目を見開く。

「え、九条《くじょう》…？」

呟いた瞬間《しゅんかん》、訝《いぶか》しげな声が降ってきた。

「ここで何をしている」

昌親の鼓動が最大級に跳ねた。

「わあぁぁぁっ！」

思わず叫《さけ》び、心臓が口から飛び出そうになりながら振《ふ》り返る。

「わあぁぁぁっ⁉」

一方、声をかけたほうも叫んで何歩か後退《あとずさ》る。

ふたつの炎が照らす面差《おもざ》しを見て、昌親は強張《こわば》った唇《くちびる》を動かした。

「……ち…ち…うえ…？」

「……お前、こんな時刻に何をしているんだ…」

引き攣《つ》った顔の吉昌に問われた昌親は、答えるかどうか逡巡《しゅんじゅん》した。

息子《むすこ》の顔に広がる動揺《どうよう》を見て取った吉昌は、ため息まじりにぼやく。

「まったく、昌浩といいお前といい、うちの息子たちは本当に…」

不満そうな口ぶりに罪悪感を覚えた昌親は、ふと眉《まゆ》をひそめた。

「昌浩？　阿波《あわ》に行った昌浩が、何か？」

吉昌は半眼になって応じる。

「阿波にいるはずの息子のくしゃみが父上の室《へや》から聞こえたときの私の気持ちがわかるか？」

「………それは…」

祖父の室で何をしていたのか。そもそもいつ戻ったのか。

「仕方がないから放《ほう》っておいたが…それにつづいて次男も何やらこそこそしているし、長男は無断欠勤しているし、うちの子たちはどうしてこう…」

渋面《じゅうめん》になって深々とため息をつく吉昌を見上げて、昌親はしおしおとうなだれる。

「…その、実は…」

観念して答えようとした昌親に、吉昌は頭《かぶり》をふった。

「ああ、何も言わなくていい。隠《かく》しごとのひとつやふたつやみっつやよっつ、陰陽師《おんみょうじ》なら持っていて当然だ」

「はぁ」

申し訳なく思いながら、昌親は父の言葉に甘えることにした。

「すみません」

橙色の光が照らす父の面差しを見上げる。

吉昌の口ぶりは成親の無断欠勤を一応咎《とが》めているが、何か理由があるに違《ちが》いないと思っていることが、その表情から読み取れる。

吉昌は息子を見下ろして、表情を少しゆるめた。

「用は済んだのか？」

「ええと、はい」

「なら早く帰りなさい。あまり帰りが遅《おそ》いと、あちらの方々が心配するだろう」

昌親は結婚《けっこん》とともに妻の家に入り、妻と娘《むすめ》、妻の両親とともに住んでいる。いまのところ幸いにして全員健康に過ごしているが、この悪天候だ。さぞかし心細い思いをしているだろう。

火の始末だけはしっかりするように言い置いて踵《きびす》を返す吉昌に、昌親は頭を下げた。

天地盤を元の位置に戻《もど》し、燈台と手燭の火を消して元あったところに移動させると、昌親はそのまま陰陽寮を退出した。

向かうのは、式盤が示していた九条。

成親の居所を知るための手掛かりが、九条の端《はし》にある。

亥《い》の刻を半ば過ぎて、もうじき真夜中だ。

雨を含《ふく》む蓑《みの》は重いばかりなので、気休め程度の雨除《あまよ》けの呪《しゅ》と、暗視の術を自分にかける。

大内裏《だいだいり》を出た昌親は、まっすぐ南に向けて夜路《よみち》を駆《か》け出した。

◇　◇　◇

赤い雷光《らいこう》が平安の都上空を駆け抜ける。

都の北方に鎮座《ちんざ》する霊峰貴船《れいほうきふね》。神域の奥、本宮《ほんみや》の境内《けいだい》にある船形岩《ふながたいわ》に、銀色の光をまとった龍《りゅう》が降り立った。

岩に降りた龍は瞬《また》く間に人身に姿を変える。

黒雲から落ちてくる激しい雨は、貴船の神域にも容赦《ようしゃ》なく降り注ぐ。

穢《けが》れの雨だ。

木が枯《か》れていく。気が枯れていく。

ここまで長く穢れの雨に打たれていれば、神域も脅《おびや》かされてくる。

貴船の祭神　高龗神《たかおかみのかみ》は、貴船山を覆《おお》う聖なる結界《けっかい》のところどころに綻《ほころ》びが生じ黄泉《よみ》の風に冒《おか》されていくのを感じていた。

高龗神の神気を補う山の息吹《いぶき》は、もはや失われる寸前だった。

雨がやまなければ木が枯れる。木が枯れれば気が枯れる。気が枯れれば穢れる。

神域に吹《ふ》き込んでくる陰気《いんき》の風を阻《はば》むだけの力が、高龗神にはもう残っていなかった。

人々の祈《いの》りが弱まり、陰に傾《かたむ》いた心は負の念に満たされつつある。

都だけでなく、国中の人々が、願ってはならないことを願いはじめている。そして、決してかなってはいけない願いがかないつつあるのだ。

深く息を吐《は》き出して、高龗神は船形岩に腰《こし》を落とした。

「……軻遇突智《かぐつち》」

呟《つぶや》いたのは、父を同じくした火の神の名だ。

伊奘冉《いざなみ》から生まれた軻遇突智の神は、その焔《ほのお》で母の身の内を焼き、伊奘冉尊《のみこと》はその火傷《やけど》がもとで死んだ。

伊奘諾《いざなぎ》は怒《いか》りに任せ、十拳剣《とつかのつるぎ》をもって軻遇突智を切り殺した。

高龗神は、剣《つるぎ》から滴《したた》り落ちたしずくから生まれた。

死は陰の極《きわ》みだ。神の死というもっとも極まった陰が転じて、そこに陽である神が幾《いく》柱も誕生した。

ならば。

「……」

神の双眸《そうぼう》に翳《かげ》りが生じた。

この神が死ぬときもまた、幾柱の神が生まれるのだろうか、と。

高龗神は自嘲《じちょう》するように薄《うす》く笑った。ゆっくりと頭をふる。

もはや、神を生み出せるだけの神気が、陽気が、この地にない。

長い年月をかけて仕掛《しか》けられた謀《はかりごと》がある。それがじきに成ろうとしているのだ。

高龗神だけではない。あらゆる神の力が陰気によって削《そ》がれている。

負の念に傾いた人間は、正しく祈ることを忘れてしまった。

苛立《いらだ》ち、諍《いさか》い、怒り、恨《うら》み、憎《にく》み、妬《ねた》み、羨《うらや》み。ほかの誰《だれ》かにそれらをぶつけることで、ほんのひとときどす黒く浅はかな快感を得る。

祈りの代わりに呪《のろ》いの言葉を吐く。

そうすることで、世界がますます陰気に満ちる。黄泉に冒されていることも知らずに。

貴船の社《やしろ》に仕える神職たちもほとんどが病に臥《ふ》せている。日々の祭祀《さいし》は滞《とどこお》り、祝詞《のりと》を奏上しても声がほとんど出ていない。拍手《かしわで》の音はくすんで籠《こ》もり、社の陰気を打ち祓《はら》うことすらままならない。

貴船の祭神は再び重い息をつくと、弱々しい呟きをこぼした。

「祈りが足りない……」

ささやきにも似た声は激しい雨音に掻《か》き消される。

せめてこれが神威《しんい》の雨であれば、満ち満ちた陰気を洗い流すことができるのに。

穢れの雨が降りつづく限り、貴船の祭神にできることはない。

「……陰陽師」

あの黒雲と赤い雷《いかずち》をいずこかへと退けて雨を止める。

いまそれができるのは、陰にも陽にも通じた陰陽師だけなのだ。

◇　◇　◇

式盤《ちょくばん》が示していたと考えられる九条の一角に安倍昌親がたどり着いたのは、子《ね》の刻半ばに差しかかったと思われる頃《ころ》だった。

「ここ、だな…」

慎重《しんちょう》に周囲を見回した昌親は、さっきから背筋を這《は》いあがってくる寒気を振《ふ》り払《はら》うように頭をひとつふった。

雨でぬかるんだ路は思っていたよりずっと歩きにくく、あちこちで池のようになっている。

重くまといつく泥《どろ》は冷たく、足の裏から入り込んだ冷気が体の中を這い登ってくるようだ。

雨除けの呪は効力を発揮してくれたが、足首まで水に浸《つ》かりながらここまでくる間に、昌親はすっかり冷え切っていた。

冷たい雨に打たれる昌親は、少し前に焼け落ちた邸跡《やしきあと》の前に立っている。

ここは確か、阿波国からきた藤原《ふじわら》一門の夫婦《ふうふ》が住んでいた邸だ。

数日前に突然《とつぜん》火の手が生じて邸は全焼《ぜんしょう》し、煙《けむり》に巻かれたのか火に呑《の》まれたのか、いずれにしても逃《に》げ遅《おく》れて夫婦ともに焼け死んだという話だ。

「ここに手がかりが…？」

兄の行方《ゆくえ》を知るための手がかり。昌親の占《せん》は、それがここに現れ出ると示した。しかし。

「本当かな…」

屋根や壁《かべ》は焼けて崩《くず》れ落ち、炭化した柱や梁《はり》の残骸《ざんがい》が激しい雨に打たれながら朽《く》ちるのを待っている。あちこちにできた水たまりの底に灰が沈《しず》んでいるようだ。

それなりに広かったはずの庭にも火が広がったのか、庭木や草花も残っていない。塀《へい》も所々崩れている。

門も焼けて残っていないため、昌親は難なく敷地《しきち》に入ることができた。

ここでふたりの人間が焼け死んだのだと聞いている。

死穢《しえ》は激しい炎《ほのお》によって浄化《じょうか》されただろうけれども、焼け跡《あと》に妖異《ようい》が集《つど》うこともある。

「何か、いるかな…？」

慎重に足を運んでいた昌親は、ふと立ち止まった。

「……寒い……？」

冷えている自覚はある。夜中だから気温も下がっているだろう。雨も降りつづいている。それだけの条件がそろっていれば寒いのも当然のはずなのに、どういうわけか昌親は、それだけが原因ではないような気がした。

一呼吸ごとに、寒さが増しているような気がする。冷たい空気が肺の中に広がって全身に行き渡《わた》り、呼気とともに体温と気力を奪《うば》われているような。

「……陰気、か」

都中に病が蔓延《まんえん》し、あちこちで死者が出ているという。この数日の間に内裏《だいり》でも女房《にょうぼう》や雑色《ぞうしき》が何人も息を引き取ったと聞いた。

幸いなことに昌親の家族は無事でいる。実家の者たちもだ。しかし、いつまで無事でいられるか。それほどに、あの咳《せき》の病は猛威《もうい》を振るっているのである。

赤い光が辺り一面を照らした。遅れて響《ひび》いた雷鳴《らいめい》が耳に突《つ》き刺《さ》さる。

「かなり近いな」

黒雲を見上げて呟く。赤い閃光《せんこう》が走り、先ほどより激しい雷鳴が轟《とどろ》いた。

手をかざして雨滴《うてき》を防ぎながら、昌親は眉《まゆ》を曇《くも》らせた。陽《ひ》が射《さ》さなくなってどれくらいになるだろう。

「せめて陽が射せば、少しは…」

都人《みやこびと》たちの心も晴れるのにと、息をついたときだった。

雨音に紛《まぎ》れて響く、ごぽ、という奇妙《きみよう》な音を聞いた気がした。

「……ん？」

昌親は視線をめぐらせた。

「なんだ…？」

鈍《にぶ》くて重い音だった。池の底から空気の塊《かたまり》が上がってくる音に似ていると、思った。

庭を見回した昌親は、ある場所で視線を止めた。

そこは一見して庭のあちこちにできている黒い水たまりと同じように見えた。しかし、よく目を凝《こ》らしてみれば、ほかの水たまりより深さがある。邸と庭の位置から察するに、どうやら壊《こわ》れた池のようだ。

昌親が見る限り、魚や虫などの生き物がいる様子はなかった。水草もなく、溜《た》まった水は泥で濁《にご》っている。

眺《なが》めているうちに、底から上がってきた大きな泡《あわ》がはじけて飛沫《しぶき》が散った。雨に水面《みなも》が叩《たた》かれて生じる波紋《はもん》とは別の泡が、池の底から浮《う》かんできて次々に割れる。

さっき聞こえた、ごぽ、という音はこの泡が泥の底から出てきて弾《はじ》ける音のようだった。

当初昌親は、泥の下に空気がたまっていて、それが泡になっているのかと思った。しかし。

「……」

妙《みょう》な違和感《いわかん》を覚えて、昌親は池のほとりにそろそろと近づく。

ぼこぼこと鈍い音をたてながら、大きな泡が次々に浮かんでくる。次第《しだい》に激しさを増したそれは大きな飛沫を上げるまでになった。

「………」

嫌《いや》な予感がして、池を凝視《ぎょうし》したまま用心深く足を引く。庭にたまった水が足首や膝下《ひざした》にまとわりついて、まるでしがみつかれているように感じる。

ふいに昌親の耳は、雨音とは別の水音を聞いた。無意識に視線を走らせる。

両足の浸かった黒い水たまりの底一面に、雨滴より小さな無数の目が開き、昌親を捉《とら》えているのが見えた。

「っ！」

思わず息を呑んだ瞬間《しゅんかん》、ごぼっとひときわ大きな音を立てて、巨大《きょだい》な白い塊が池の底から躍《おど》り出る。黒い水面を割って出たそれは、瞬《また》く間に四方八方に散った。

昌親は瞠目《どうもく》した。

「蝶《ちょう》…!?」

白い蝶の群れだ。数えきれない蝶が縦横無尽《じゅうおうむじん》に飛び交《か》う。無我夢中で飛ぶその様は、何かから懸命《けんめい》に逃げようとしているかのようにも思えた。

「え…泥の底から、蝶…？」

呟《つぶや》く声は驚《おどろ》きよりも困惑《こんわく》に満ちていた。

不可解な蝶だった。こんな雨の夜に、池の底の泥の中から塊で出てくる蝶。

そもそも雨の日に飛ぶ蝶などいるのか。少なくとも昌親は見たことがない。

ただの虫とは思えなかった。

では、ただの虫でないならなんだ。蝶の形《なり》をした、虫の形をした、これは。暗闇《くらやみ》の中で仄《ほの》かに光を放っているような、よく見れば翅《はね》に何かの模様がある白い蝶。

凝視した昌親は、はっとした。

「……あ」

翅に描《えが》かれた模様は、人の顔だ。

気を凝らせば、白い翅が羽ばたくたびに、零《こぼ》れ落ちる霊力《れいりょく》をはっきりと感じることができる。

「……蟲《むし》…か…」

やがて蝶の群れは、一羽《わ》の白い蝶を先頭に大きな軌跡《きせき》を描き出した。

ほかの蝶にくらべて歪《いびつ》な形の羽を羽ばたかせるそれから、昌親はなぜか目を離《はな》せない。

いびつな蝶は、時折銀色の閃光をまとい、光の欠片《かけら》をまき散らしながら飛ぶ。

その、散ってくる光の波動に、昌親は覚えがあった。どくんと、鼓動《こどう》が大きく跳《は》ねる。

「……兄上？」

間違《まちが》いない。自分が間違えるはずがない。

白い蝶がまとっているのは、行方の知れない兄成親の霊力にほかならなかった。

それの姿を追っているうちに昌親は気がついた。あれはただの蝶ではない。――式だ。

それもただの式ではなくて。ずっと昔、歳の離れた弟が初めて作った式ではないか。

なぜあれと同じものがこんなところに。

あれを見たことがあるのは、当人と、祖父と、自分と、兄だけのはず。

「兄上…」

思わず呟くと、式の蝶が突然向きを変えた。そのまままっすぐ向かってくる式に、昌親は自然と両手を差しのべる。

昌親の手の中に飛び込んできた蝶は、まるで雷《いかずち》のような白銀の閃光を放った。

――…現《うつし》…世《よ》……に……導…き…たま…へ……

兄の声が、気息まじりの苦しげな声が、昌親の耳を掠《かす》めて消える。

どくんと、激しく鼓動が跳ねた。

蝶の姿がほどけるように崩れ、式を形作っていた霊力が昌親を通り抜《ぬ》けてふっと消えた。

式を先頭にした白い蝶の群れは昌親を幾重《いくえ》にも囲んで旋回《せんかい》する。

耳の近くで無数の声がする。

――ここは

——どこ
——たすけて
——こわい
——かえる
——はやく
——たすけて
——はやく
——もどらないと
——このまま
——しんでしまう
——いやだ…

「……！」

唐突《とうとつ》に、昌親は理解した。これは、どういうわけか人の体から抜け出た魂《たましい》の欠片か。

なぜ蝶の形を取っているのかはわからないが、無数の蝶が放つこの霊力は、人の魂が放つそれに違《ちが》いない。

それにしても、このおびただしい数の魂はいったいどこから。

それに、これらを式に導かせた兄はいまどこに。

訝《いぶか》る昌親の脳裏《のうり》に、突然《とつぜん》ひらめくものがあった。

「……魂の…欠片…？」

どういうわけか頭に浮かんだのは、陰陽寮《おんみようりよう》の陰陽得業生藤原敏次だった。

つい先頃《さきごろ》、激しい咳《せき》とともに恐《おそ》ろしいほどの量の血を吐《は》いて一時は心の臓が止まり、魂の半分が体から抜け出た藤原敏次。

抜け出た魂の半分は昌浩がどうにか捜《さが》し当て宿体に戻《もど》されて、敏次はなんとか生還《せいかん》した。

死の淵《ふち》から戻ってきたばかりの彼の告げた重い言葉が昌親の耳の奥に甦《よみがえ》る。

──昨夜、この大内裏《だいだいり》に、死が、やってきたと、感じました
激しい咳とともに大量の血を吐いて。

その病は猛威《もうい》を振《ふ》るっている。大内裏でも死者が出た。都のいたるところで死者が出ていると聞いている。都どころか、国中で咳の病が流行《はや》っているらしい、とも。

「…まさか」

昌親の背を冷たいものが滑《すべ》り落ちた。

敏次が助かったのは、体に残った魂の残りが抜け出てしまわないように時留《ときとどめ》の術を使ったからだ。陰陽寮の者たちが一丸となって、死に捕《と》らわれかけた敏次を取り戻した。そうでなければ彼は確実に死んでいた。

死んでしまったら、宿体を抜け出た魂はどこに行くのか。

あまりにも恐ろしい想像に、搦《から》め捕られたように昌親は立ちすくんだ。

この蝶たちが本当に、宿体から抜け出てしまった魂の欠片であるなら、ここに来る前どこにいたのか。

どこに。そんなもの、決まっている。

何かに道を歪《ゆが》められて惑《まど》わない限り、死んだ者の魂が行く先はふたつしかない。

川を渡《わた》った先にある冥府《めいふ》か、大磐《おおいわ》にふさがれた坂をくだっていく黄泉《よみ》だ。

どちらにしても、それは現世ではない。宿体を離れた魂が行く、あるいは引き寄せられる、現世とは異なる世界。

生者は決して行けないところだ。

「…………っ」

どくんと鼓動が跳ねる。目頭《めがしら》が熱い。息が詰《つ》まる。

あの気息まじりの、苦しそうな声。まるで、力尽《ちからつ》きる寸前のような。

まさか、そんな、どうして。

「兄上…っ」

振り絞《しぼ》るようにうめいた瞬間、魂蟲《たまむし》の群れが躍り出た池の底から、おぞましい妖気《ようき》の渦《うず》が噴《ふ》き上がった。

「っ！」

昌親は息を吞《の》んだ。

水のたまった窪《くぼ》みの底から、おぞましい妖気を放つ魔物《まもの》があとからあとから湧《わ》いて出る。

蝶《ちょう》の群れは翅を激しく動かして少しでも遠くへ逃《のが》れようとしているかに見える。しかし、激しい雨で翅が重くなったのか、徐々《じょじょ》に高度を下げていく。

いや、それだけではないだろうと昌親は思い至った。

この蝶たちが昌親の予想通り魂の欠片が姿を変えたものなら、いまこれらは器《うつわ》ともいうべき宿体に守られていない。霊体《れいたい》ですらない、完全に剝《む》き出しの状態だ。気力が削《そ》ぎ落とされていくようなこの雨にじかに打たれ、きっと霊力を徐々に削ぎ落とされているのだ。

水たまりの下にぞろりと並んだ無数の目が、数羽の蝶が水面《みなも》すれすれを懸命《けんめい》に飛ぶ姿をじっと見ている。蝶たちが力尽きて落ちてくるのを待ち構えているのだろう。

魔物は人の生気を好む。剝き出しの魂は極上《ごくじょう》の餌《えさ》。

一方、水底から湧いた魔物は、気づけば飛び交《か》う蝶と昌親をぐるりと取り囲んでいた。

魔物の妖気が障壁《しょうへき》となって蝶たちを追い込んでいる。このままでは一羽残らず捕らわれる。

どこか他人事《ひとごと》のようにそう思った昌親は、はっと気がついて瞬《まばた》きをした。

「……あ…私もか」

逃《に》げ道がないのは自分も同じだとようやく思い至った昌親は、魔物たちをのろのろ見回した。

不思議と恐怖《きょうふ》は感じなかった。なぜこんなことになっているのかという困惑《こんわく》が大きかった。

そうして思った。

何がどうなっているのかはわからないけれども、きっとこういう場面に弟はしょっちゅう遭《そう》遇《ぐう》していて、たぶん兄もたまに遭遇していたのだろう、と。

「……ふたりとも、すごいな」

呟《つぶや》きながら、昌親はゆっくりと両手を広げ、息を吸い込んだ。重く湿《しめ》った冷たい空気が肺に流れ込んできて、息苦しさを覚えた。

魔物たちがわっと躍《おど》りかかってくるのと同時に拍手《かしわで》を打つ。

雨に濡《ぬ》れているにもかかわらず、打ち合わせた両手は重く大きな音を響《ひび》かせた。

拍手の音霊《おとだま》に弾《はじ》き飛ばされた魔物たちが激しくもんどりうった。おぞましい妖気をまき散らして泥飛沫《どろしぶき》を立てながら転がっていく間に、右手で結印した昌親は素早《すばや》く五芒星《ごぼうせい》を描《えが》く。

地に大きな金色の五芒星が刻まれ、昌親と蝶の群れを光の壁《かべ》が包みこんだ。

蝶の群れが安堵《あんど》したように翅《はね》を小刻みに震《ふる》わせる。しかし昌親は苦しそうに顔を歪めた。

「……だめか」

金色に輝《かがや》く光の壁はところどころ薄《うす》く、いまにも穴が開きそうだ。それに、雨に当たった箇《か》所《しょ》から光が弱まり消えかけていく。

いつの間にか霊力《れいりょく》を消耗《しょうもう》していた。この結界《けっかい》はそう長く持たない。

自分にこの魔物たちを倒《たお》せるだけの力はないと、昌親にはわかっていた。

少しの間魔物を封《ふう》じる術もあるが、それができるだけの霊力も残っていない。

「……兄上」

昔兄と約束をした。

あの祖父のあとを継《つ》ぐと腹を括《くく》った成親に、なら自分はその片腕《かたうで》になれるようにしておくと言った。

頼《たの》むぞと、兄は笑った。

けれども現実はどうだ。片腕どころか、おそらくいま、もう手の届かないところに行ってしまったであろう兄の力になることすらかなわない。

魔物たちの囲みが狭《せば》まってくる。五芒星の結界が圧《お》されてたわみ、あちこちに細かな亀裂《きれつ》が走っていくのがはっきりと見える。

怯《おび》える蝶の群れが昌親にしがみついてくる。無数の蝶が次々に群がってきて、視界が白い翅にさえぎられた。

魔物の咆哮《ほうこう》が轟《とどろ》く。妖気の圧迫《あっぱく》でついに結界壁《へき》が砕《くだ》けた。術の反動が昌親に跳《は》ね返ってきてたまらずに膝《ひざ》をつく。衝撃《しょうげき》で頭の芯《しん》が大きく揺《ゆ》れる。

その刹那《せつな》。

魔物たちの囲みの向こう側で、深くえぐれてしまった池の底から、ごぽっという音がした。

本当に小さな音なのに、なぜかそれは昌親の耳に確かに届いた。

同時に、頬《ほほ》に風を感じて、昌親の胸の奥で鼓動《こどう》が跳ねた。

「………」

この風を知っている。

雨とともにずっとまとわりついてくる、重く湿った冷たい風ではなく。涼《すず》やかに澄《す》み切った、この乾《かわ》いた風を。

――………でも
遠くなりかけた意識の片隅《かたすみ》で、遠いあの日に交《か》わした言葉が鮮《あざ》やかに甦ってくる。

――もし…もし、いつか。俺より力が強いのが出てくることが、あったら
魔物たちがざわめき凄《すさ》まじい妖気が辺り一帯の陰気《いんき》を取り込んで激しく噴き上がる。

ずっと抑制《よくせい》していたのか、それまでとは桁違《けたちが》いの妖気に、昌親と蝶たちは圧し潰《つぶ》されそうになった。

妖気と混ざりあって凍《こご》えるほど冷たくなった陰気に呑み込まれそうになり、昌親は残る力を振り絞って、もう一度ごく小さな結界を築く。

泥《どろ》を散らして吹《ふ》き上がる風が陰気とぶつかり合う。唸《うな》りながら逆巻く竜巻《たつまき》の中心に、清浄《せいじょう》な神気と白銀の閃光《せんこう》が迸《ほとばし》った。

まるで雷《いかずち》のようなその白銀の閃光は、あのいびつな形の白い蝶がまとっていたのと同じもの。

——そんなもしもがあったら、俺たちでそいつの両腕《りょううで》になろう

激しい耳鳴りがする。世界がぐにゃりと曲がって視界が赤く染まった。

次元の狭間《はざま》が開いたのだ。

異なる界を無理やりにつなぐ路《みち》をこじ開けて、ふたつの影《かげ》が躍り出る。

鉛《なまり》の塊《かたまり》のように重い頭を必死にもたげて、昌親は顔をくしゃくしゃにした。

「昌浩…！」

4

祈《いの》る。

神を祈る。

神に祈る。

守り給《たま》え。

守らせ給え。

すべてを。


雨と魔物《まもの》を吹き飛ばす十二神将太陰の風がさらに激しく渦《うず》を巻く。

「食《く》らえ！」

風の塊を魔物の群れに叩《たた》き落とした太陰は、その陰《かげ》にいた白い蝶の塊を見てほっと表情をゆるめた。

「よかった、間にあ…え？」

蝶《ちょう》の山が震えて、中から何かが這《は》い出てくる。

身構えた太陰は、出てきたのが見知った顔であることに気づいて目を剝《む》いた。

「昌親!?　あんたなんでこんなところに！」

その太陰の叫《さけ》びを聞いて、いままさに魔物たちに術を仕掛《しか》けようとしていた昌浩の動きが一《いっ》瞬《しゅん》止まった。

「兄上？」

昌浩は白い魂蟲《たまむし》の塊に視線を走らせた。小さな結界の中で魂蟲にまみれているのは、確かに次《じ》兄《けい》の昌親だった。

「太陰、魂蟲と兄上を頼む！」

昌親の耳の近くで風が凄まじい唸りをあげ、ぐしゃりという鈍《にぶ》く重い音がした。はっとして見れば、音もなく接近しようとしていた魔物を、太陰の風の鉾《ほこ》が叩き潰していた。

太陰は昌親と魔物たちの間に降り立つと、荒《あら》い息を継ぎながら凄《すご》む。

「それ以上近づいたら潰してやる…！」

一方昌浩は拍手を打つと、両手を胸の前で合わせる。

「謹《つつし》んで勧請《かんじょう》奉《たてまつ》る！」

魔物たちを素早く一瞥《いちべつ》する。ずっと降りつづいている陰気の雨に覆《おお》われて、人界は陰気に満ち満ちている。

それだけではない。昌浩は水たまりにひそむ邪念《じゃねん》がぞろりと蠢《うごめ》く気配も感じている。

「天満大自在天神《てんまだいじざいてんじん》、降りましませ！」

詠唱《えいしょう》が轟く。同時に、昌浩と太陰が飛び出してきた次元の狭間の穴から白銀の閃光が迸った。

刃《やいば》のような光に目を射られそうになった昌親は、反射的に腕《うで》をかざして瞼《まぶた》を閉じる。

地を揺るがすような轟音《ごうおん》が耳朶《じだ》を叩いた。びりびりとした振動《しんどう》が全身を突《つ》き抜《ぬ》けていく。

「……これ…は…」

腕の陰で、昌親は思わず目を開いた。全身にずっとまとわりついていた重く冷たい陰気が、いまの振動で吹き飛ばされた。

指の間からそうっと見やると、太陰の風が雨滴《うてき》を阻《はば》んでいた。

「昌親、あんた、なんで魂蟲を…」

荒い呼吸で途切《とぎ》れ途切れになった問いかけに、昌親は眉根《まゆね》を寄せて訊《き》き返す。

「たまむし？」

「そうよ。その白い蝶。魂の蟲で魂蟲」

「なるほど」

野山によくいる玉虫色の玉虫とは違《ちが》うと言外に告げられて、昌親は感心しながら頷《うなず》く。魂の蟲、確かにそのとおりだ。

「そうだ、太陰。この蝶…魂蟲か、これをここに連れてきたのがたぶん兄上の式で…」

昌親は、傍目《はため》にわかるほど大きく肩《かた》を震《ふる》わせた太陰の表情を見て、口にしようとしていた言葉を思わず呑《の》み込んだ。

桔梗《ききよう》色の大きな瞳《ひとみ》がいまにも泣き出しそうにうるんでいる。それに、よく見れば彼女の頰《ほほ》には涙《なみだ》の痕《あと》があった。

どくんと、昌親の胸の奥が跳《は》ねた。

瞬《まばた》きを忘れたような太陰の目から視線を逸《そ》らせない。

気づけば昌親は、両手で太陰の小さな肩を摑《つか》んでいた。

「……なにが…あった？」

問いかけは、自分でも驚《おどろ》くほど静かだった。

わななくような太陰の唇《くちびる》と、新たに頰を伝った涙に、何度も打ち消した最悪の予想が外れていなかったことを、悟《さと》った。

「…っ」

界の狭間《はざま》の彼方《かなた》、澱《おどみ》の殿《あらか》から召喚《しようかん》した雷撃《らいげき》で、魔物たちの動きは一時的に鈍った。

昌浩は、衣《ころも》の下の勾玉《まがたま》を左手で握り締《にぎし》めながら片膝《かたひざ》を折り、右手のひらを大地に押し当てる。

雨に打たれた魔物たちが蠢く。この地に満ち満ちた陰気《いんき》は黄泉《よみ》の魔物の力となるのだ。

どれほど強い術を使ったとしても、いまの人界でこの魔物たちを退治《たいじ》ることは難しい。

妖怪変化《ようかいへんげ》や魔物などを退治るには、神の加護とそれを自在に扱《あつか》える強い霊力《れいりょく》が必要だ。

しかし昌浩の霊力は成親の術で封《ふう》じられたままだ。

それに、気枯《けが》れに穢《けが》れた地上は陽気が枯渇《こかつ》している。陰気に対し陽気が圧倒的《あっとう》に足りない。

陰が闇《やみ》なら陽は光。暗闇《くらやみ》の中に光が点《とも》ると、そこに神を見出《みいだ》して人は救われる。

しかし、いま地上には光がない。希望がない。

まるで神代《かみよ》の、天照大御神が天岩屋戸《あまのいわやと》に身を隠《かく》してしまったときのように。

この世は昼でも夜のような闇に覆われて、凍《こご》えるように冷たい風が吹《ふ》き、病が蔓延《まんえん》し、死が満ちて、黄泉の魔物が跳梁跋扈《ちょうりょうばっこ》する。

人々の口からこぼれ出るのは悲しみと恐《おそ》れの言霊《ことだま》。それがさらなる負の念を生み出し、身も心も穢れて、諦《あきら》めに囚《とら》われた心を黄泉の風が連れにくる。

この流れもまた、古《いにしえ》の咒言《のろい》が招き寄せたものだ。

「……この声は、神の声」

紡《つむ》いだ声がかすれそうになった。喉《のど》に力を込めて、勾玉に力を乞《こ》う。

妖気《ようき》を放つこの魔物たちを、元居た場所へ。

「伊吹戸主神《いぶきどぬしのかみ》、罪穢れを遠く根国底国《ねのくにそこのくに》に退ける」

昌浩の呪文《じゅもん》に呼応した道反大神の神気が、地につけた手のひらから広がっていく。

道反大神は、ふたつの界を隔《へだ》てる大磐《おおいわ》の化身《けしん》だ。人界に入り込んだ魔物たちの動きを阻み元いたところに押し返すのに、これ以上相応《ふさわ》しい神はいないかもしれない。

昌浩の意図を察したのか、魔物たちの放つ妖気が激しく渦巻いた。吹き荒《あ》れる陰気の風が魔物をこの場から舞《ま》い上げようとするのを、太陰の竜巻《たつまき》が相殺《そうさい》させる。

「伊吹、伊吹よ、この伊吹よ。神の伊吹となれ…！」

大神の神気が魔物たちを捕《と》らえ、次元の穴に引きずり込んでいく。

背筋が冷たくなるような咆哮《ほうこう》が雨音を切り裂《さ》いた。赤い雷《いかずち》が何度も何度も駆《か》け抜けて、怒号《どごう》のような雷鳴《らいめい》が昌浩の耳をつんざいた。

赤い光が都を不気味に浮《う》かび上がらせる。その様はさながら都全体が真っ赤な血に染め上げられているようにも思えた。

青ざめた昌浩は、無意識に呟《つぶや》いていた。

「……陽の光じゃなきゃ…だめだ…」

空一面を覆うあの厚い黒雲を割って天津神の加護を地上に取り戻《もど》さなければ、この陰気を完全に払《はら》うことはできない。

せめて雲間から、ほんの一筋でいい、太陽の光が射《さ》してくれたら。

昌浩の脳裏《のうり》に、記紀《きき》に記された天岩屋戸の一節がよぎった。

そう、素戔嗚尊《すさのおのみこと》の乱暴狼藉《ろうぜき》に耐《た》えかねて身を隠してしまった天照大御神が、ほんの少し岩屋戸を開けたときに漏《も》れ出でたという、糸のような光だけでも。

赤い雷の駆け抜ける黒雲を見上《い》げて、昌浩は両手を固く握り締めた。

この雲を打ち払って、陰気の雨を止めて、天照大御神の光を。

「……そうだ、貴船…」

都の北方守護である龍神《りゅうじん》の力で、せめてこの溜《た》まりに溜まった陰気を都の外に押し流すことができないだろうか。

少しでも陰気を押しやって、神の気を、陽気をこの地に。

「太陰、貴船に…」

振《ふ》り返ろうとした昌浩は、突然《とつぜん》激しい目眩《めまい》に襲《おそ》われた。

「昌浩…!?」

色を失った叫びは次兄のものだ。

雨音が嫌《いや》にうるさく聞こえた。衝撃《しょうげき》とともに飛沫《しぶき》が上がり体の右半分がやけに冷たくなった。のろのろ目を開けた昌浩は、自分の右半身が水たまりに浸《つ》かっていることに気づいて顔を歪《ゆが》める。

ほんのひと呼吸分くらい、意識が飛んでいたらしい。

まだやらなければならないことがたくさんある。こんなところで倒《たお》れている余裕《よゆう》はない。

なのに。

起きなきゃと思うのに、どうしてか体に力が入らない。

もしかして勾玉に籠《こ》められた神の力を使い果たしたのかと一瞬焦《いっしゅんあせ》ったが、神気の波動が伝わってくるのを感じ取れて、ほっと胸を撫《な》でおろす。

「昌浩…っ」

かすれた呼びかけの主は太陰だ。血の気の完全に失《う》せた白い頬が痛々しい。

それから肩と腕を掴まれて、上半身を水たまりから引き上げられた。

次兄《じけい》の腕に背中を預ける姿勢を取らされた昌浩は、浅く速い呼吸を繰《く》り返しながらそうっと視線を上げた。

なんとなく。本当になんとなく。怒《おこ》られると、思った。

考えてみれば昌浩は、父や、祖父や、長兄《ちょうけい》や神将たちに怒られたり叱《しか》られたりしたことはあっても、次兄に怒られたことはあまりなかったのだ。

その必要があるときは、昌親が何かをいうよりも先にほかの誰《だれ》かが昌浩を叱責《しっせき》するので、彼はいつもその誰かをなだめたり、とりなしたり、かばったり。

そうでなくても、彼は声を荒《あら》らげたり、険しい顔をするようなことがほとんどない。過《あやま》ちや間違《まちが》いを丁寧《ていねい》に指摘《してき》して噛《か》んで含《ふく》めるように言い聞かせてくることが多く、怒る姿があまり想像できないのだった。

「………」

次兄の、昌親の顔をまともに見るのは、どれくらいぶりだろう。

昌浩を見下ろす昌親は、顔をくしゃくしゃに歪めていた。

兄の頬をしずくが伝っている。雨ではなくて、あふれた涙が伝っているのだと気づいた昌浩は、はっと胸を衝《つ》かれて頭が真っ白になった。

太陰の風が傘《かさ》のように雨滴《うてき》を弾《はじ》いているのが、視界のすみに見えた。

「……」

昌親が昌浩の肩に顔を押しつけて肩を震わせた。

堪《こら》えて堪えて、けれどももう堪えきれないといったように、昌親は懸命《けんめい》に声を押し殺しているのだ。

「……まさちか…あにうえ…？」

昌浩が呼びかけると、くぐもった呟きが聞こえた。

「…あの…蝶《ちょう》…は…」

昌浩は目をしばたたかせた。魂蟲《たまむし》のことだ。

視線をめぐらせた昌浩は、五芒星《ごぼうせい》の光の中にいる魂蟲たちを見つけて、ほっと息をついた。

「あれは、病で体から離《はな》れた…離されてしまった、魂の半分で」

だから元の体に戻せば助かるはず。

そうつづけようとした昌浩は、うなだれた太陰が力なく頭《かぶり》をふるのを見た。

「え…」

「……もう…だめ…だった…」

まるでそれが合図だったように、一羽《わ》、また一羽と、魂蟲の姿がほどけて消えていく。

「え…」

太陰の言葉の意味を摑《つか》みあぐねて、昌浩は混乱した。だめとはどういうことだ。

「…太陰から、聞いたよ」

昌親がようやく顔を上げる。

「あれは…黄泉に奪《うば》われた、魂の半分で…。黄泉の……入り口の磐の向こうに引きずり込まれたのを、…兄上が…解き放った、と…」

涙《なみだ》で途切《とぎ》れがちの声に、昌浩は茫然《ぼうぜん》と頷《うなず》いた。

「…敏次殿のときと…同じで……宿体に戻せば…ちゃんと……」

言いかけて、昌浩は自分の言葉に愕然《がくぜん》とした。

「……おなじ…？」

敏次のときと同じ。と、いうことは。倒れた時、彼は呼吸も心の臓も止まっていた。咳《せき》とともに血を吐《は》いて半分が抜《ぬ》ければ、そのまま息が止まる。鼓動《こどう》も止まる。少し待ったとしても、何の手も打たなければもう半分の魂もやがて体から離れてしまう。

敏次のように時留《ときとどめ》の術をかけるか、脩子のように別の魂を魂緒《たまのお》の代わりにして残り半分を宿体につなぎとめておかない限り、死ぬのだ。

表情の変化から、昌浩がそこに思い至ったことを悟《さと》ったのだろう。昌親は苦い顔で静かにうつむく。

「…そんな……」

かすれた声が昌浩の唇《くちびる》からこぼれ、雨音にとけた。

昌浩の脳裏に、満身創痍《まんしんそうい》で魂蟲を解き放った成親の姿がよぎる。

それでは兄のやったことは。

「……っ」

世界がぐにゃりと歪んだように思えた。心が折れそうな気がして、昌浩は唇を嚙み締める。

「……そうだ」

ふいに昌浩は呟くと、五芒星の結界《けっかい》に守られた残りの魂蟲たちを見つめた。

病を得た者の中に内親王脩子もいるのだ。脩子の宿体は風音が守っている。少なくとも脩子の魂蟲だけは、宿体に帰ることができるのだ。

「姫宮様の魂蟲があの中にいるはず…」

祈《いの》るような思いで呟《つぶや》くと、目を見張った昌親が結界を振り返った。

「姫宮様の？」

太陰もはっと顔を上げて息を呑《の》む。

「そうです。俺は、姫宮様を助けるって、約束して…」

言いさした昌浩は両手を握《にぎ》り締《し》める。約束したのに。

姫宮様を助ける。みんなをたすける。そう、彼女と約束したのに。

苦い思いが胸の奥に広がる。昌浩はぐっと唇を噛んで、それを振り払うように頭をふった。

昌親の結界の中に残る魂蟲はあと数羽。次々に崩《くず》れていくそれらの中で、どれかが脩子の魂蟲のはず。

しかし、昌浩が見ている間に一羽を残したすべての魂蟲がほどけて消えた。残っているのはあの、いびつな形の白い式だけだった。

昌浩と昌親、太陰は、愕然と結界を見つめた。式の蝶がよろめくように高度を落とし、泥水《どろみず》の中に落ちていく。そこに込められていた霊力《れいりょく》と火花に似た閃光《せんこう》は、瞬《また》く間に水底の邪念《じゃねん》に食い尽《つ》くされて消えた。

守るもののなくなった結界が揺《ゆ》らいで薄《うす》くなる。昌親が黙《だま》って片手を振ると、ふっと音もなく掻《か》き消える。

しばらくの間、三人は無言だった。激しい雨が水たまりを叩《たた》く音だけが響《ひび》いていた。

やがて、昌浩が泥水に両手をついて肩《かた》を震《ふる》わせた。昌浩の手に邪念が群がりかけたが、胸に下がった勾玉《まがたま》から発される波動を受けると、さあっと散っていく。

三人を包むように広がった神気を、昌浩はどこか遠いところで感じていた。

内親王脩子の魂蟲がいない。どこかではぐれたのか。——それとも。

泥水につけた両手を握り締めて、昌浩は必死で最悪の想像を振《ふ》り払《はら》う。

その耳に、静かな呼びかけが滑《すべ》り込んだ。

「……昌浩…兄上は…」

昌浩の肩が激しく跳《は》ね上がった。瞠目《どうもく》してのろのろと視線をめぐらせると、次兄の眼差《まなざ》しとかち合った。その顔に昌浩を責める色合いはない。

昌浩は答えようと口を開いたが、喉《のど》が強張《こわば》ってうまく声が出てこない。

「……な…り…ちか…あに…う……え…は…」

黄泉《よみ》の入り口がある、澱《おどみ》の殿《あらか》に。たくさんの魔物《まもの》たちと対峙《たいじ》して、籠目《かごめ》に封《ふう》じた神を解放し、大磐《おおいわ》の向こうに引き込まれた魂蟲たちを人界に逃《に》がして。智鋪の祭司の凶刃《きょうじん》に斃《たお》れて——。

「………っ…」

唇を懸命に動かすのに、ついに声が出なくなった。どうしてもその事実を口にすることができなかった。

成親とふたつ違《ちが》いで、自分よりずっと長い時間をあの兄と過ごしてきた次兄が、どんなに嘆《なげ》き悲しむか。昌浩はそれを見たくないのだ。

口をつぐんでうつむいた昌浩に、昌親が言った。

「……顔を上げなさい、昌浩」

思いのほか強い語気で促《うなが》されて、昌浩は弾かれたように昌親を見やる。

険しい面持《おもも》ちで見つめてくる昌親の目は、真っ赤だった。

「兄上はお前にあとを託《たく》して、最後まで…最期《さいご》まで、自分の意志を貫《つらぬ》いた。…そうだね？」

それは、問いではなく確認《かくにん》だった。昌浩は強張ってきしむ首を動かしてなんとか頷く。

すると、昌親の眉《まゆ》がくっと吊《つ》り上がった。次兄《じけい》の顔が激しく歪《ゆが》む。

「…あのひとは…っ！」

それきり絶句して肩を震わせる昌親を、昌浩と太陰は半ば啞然《あぜん》と見つめる。

左手で目許《めもと》を覆《おお》った昌親はしばらく声を殺して肩を震わせていたが、やがて引き攣《つ》れたように息を吸い込んだ。

「……いつも、そうやって…全部、何もかも、ひとりで背負おうとして…っ。負いきれないものをお前に押しつけて…っ！」

「……え…」

思いがけない言葉に、昌浩は盛んに瞬きをする。

「……え…そ…あの…でも……」

だってあれは仕方がなくてと言おうとした昌浩を、昌親の怒《いか》りをたたえた目が黙らせた。

「挙句に…帰ってこられないって……勝手すぎる…！」

それから昌親は、半ば据《す》わった目で昌浩を睨《ね》めつけた。

「お前もだ、昌浩」

「え？」

突然《とつぜん》矛先《ほこさき》を向けられて、虚《きょ》をつかれた昌浩は思わず目を泳がせる。

めぐらせた視線の先に太陰を見つけ、助けろと目で訴《うった》えたが、昌親と昌浩を交互《こうご》に見た太陰はぶんぶんと首を振る。

昌親の手がのびて昌浩の両肩《りょうかた》を摑んだ。

「お前は兄上と同じだ。いつも何も言わずに一番危険な道を選んで。全部終わってからそれを聞かされる身に一度なってみろ、どんなに…っ」

昌浩は見た。怒れる兄の目から大粒《おおつぶ》の涙がひと粒《つぶ》こぼれたのを。

怒鳴《どな》られるより、なじられるより、それが昌浩の胸を深く深くえぐる。

「……それが…どんなに……っ…悔《くや》しいか…！」

「…………」

昌親の言葉は、思いもよらないものだった。目を見張った昌浩は、次兄をまじまじと見た。

なぜだろう。それまでずっと張りつめていた何かが、ふっとゆるんだ。

何かあれば、あともう少しで切れてしまいそうだったものがゆるんで、体の力がすとんと抜けた。

うつむいてしまった兄に何かを言わなければと口を開いて、けれども思いが形にならなくて言いあぐね、ようやく出てきたのは。

「……ごめん…なさい」

年端《としは》のいかない子どものようにそれだけを告げると、うなだれた兄はのろのろと首を振る。

「……だめだ、許さない」

「ごめんなさい」

「謝ってもだめだ。……お前は兄上と同じだ。いまのままだとお前も帰ってこなくなる」

「そ…っ」

そんなことはないと、反射的に口から出そうになった言葉が喉の奥で詰《つ》まった。

それはこの場を切り抜けるための言い逃《のが》れだ。遠からず嘘《うそ》になるとわかっている。

ほかの誰《だれ》かにだったら言える言葉でも、この兄には言えない。

昌浩が陰陽師《おんみょうじ》であるように昌親も陰陽師だ。陰陽師に嘘偽《うそいつわ》りを告げることは、できなかった。

雨に打たれるまま兄を眺《なが》めていた昌浩は、やがて呟くようにこう言った。

「……帰って…きたい…よ…？」

語尾《ごび》のかすれた力のない声音《こわね》に、昌親は窺《うかが》うように顔を上げる。その怪訝《けげん》そうな面差《おもざ》しに、昌浩は繰《く》り返す。

「帰って…きたいよ…。きたい、けど……でも……」

そう思ってしまったら、どこかで崩れて立てなくなる気がする。未練や気がかりをほんの僅《わず》かでも残していったら、局面でそれに足をすくわれそうで。

だからずっと、そういうものをすべて置いていかなければいけない気がしていた。

「……俺…強くないから……頑張《がんば》らないと……成親兄上みたいに…なれない…」

己《おの》れの無力さを思い起こして目を伏《ふ》せる昌浩に、昌親は怒ったような口ぶりで言った。

「お前、兄上は強いと思っているのか」

昌浩は下を向いたまま黙って頷《うなず》く。すると、次兄の声に呆《あき》れがまじった。

「ばかだな。あのひとは、強いけど、強がっていたけど、半分以上ははったりだよ」

「……え」

思わず見返すと、昌親は涙目《なみだめ》でまくし立てた。

「そのはったりを全部事実にしていただけで。強がって、強くなっただけで。だから、すごいひとだけど、尊敬しているけど、いまこんなに弟を悲しませて嘆かせて怒らせて、妻も子も家族もみんな置いていって、あのひとは最悪で最低で大ばかだ」

「え……」

感情をむき出しにして語気を荒《あら》らげながら、昌親はぼろぼろ泣いている。

「お前もだ昌浩。ひとり人外魔境《まきょう》のおじい様じゃあるまいし、何もかもひとりで背負《しょ》い込もうとすること自体がおこがましい！」

「ひとりじんがいまきょう…て…」

啞然と呟《つぶや》いたのは、なす術《すべ》もなく兄弟の応酬《おうしゅう》を見守っていた太陰だ。

一方、正面で啖呵《たんか》を切られている昌浩は、完全に気圧《けお》されて二の句が継《つ》げない。

「姫宮様の魂蟲《たまむし》もほかの魂蟲も救えなかったなら兄上は無駄死《むだじ》にじゃないか、なのにお前も兄上の二の舞《まい》か？　神代《かみよ》の咒言《のろい》のせいでどうして私たちが大事な家族を亡《な》くさなきゃいけないんだ、いまさらそんな咒言がなんになる、私はいま本当に本当に怒ってる！」

怒りに任せた昌親の長広舌《ちょうこうぜつ》が凄《すさ》まじい。予想していたのとはまったく違う怒り方に言葉の出ない昌浩の傍《かたわ》らで、太陰も珍《めずら》しいものを見る表情だ。

次兄の気迫《きはく》に呑《の》まれて引き攣りながら聞いていた昌浩は、ふいに眉根《まゆね》を寄せた。

いま、何かが引っかかった。

なんだろうと訝《いぶか》った瞬間《しゅんかん》、上空から怒号《どごう》が降ってきた。

『ここで何をしておるのだ陰陽師ども！』

昌親と昌浩と太陰は同時に天を仰《あお》いだ。

赤い雷光《らいこう》が走る黒雲を背に、大きく翼《つばさ》を広げた道反《ちがえし》の守護妖《よう》が目を吊り上げている。

「鬼…？」

茫然《ぼうぜん》とした昌浩の呟きを掻《か》き消す雷鳴《らいめい》が轟《とどろ》く。それに重なるように別の叫《さけ》びが響《ひび》いた。

「昌浩――！」

鬼を含めた四対の目が北方に向けられた。

火花のようにきらめく閃光《せんこう》をまとった白い物の怪《もののけ》と、十二神将勾陣《こうちん》がまっすぐ駆《か》けてくる。

ふたりの後方に、伊勢の神使益荒《ますら》が屋根や塀《へい》を跳《と》ぶように走ってくる様も見えた。

あと少しのところで、闇《やみ》と雨にひそんでいた魔物《まもの》たちが物の怪たちの前に飛び出した。

まだあんなにいたのかと昌浩が腰《こし》を浮《う》かしかけるより早く、勾陣が腰帯《こしおび》から筆架叉《ひっかさ》を一振《ひとふ》り抜《ぬ》き、物の怪の紅《あか》い目がきらりと光ったかと思うと全身から炎《ほのお》の渦《うず》にも似た火花が放たれた。

筆架叉が一閃《いっせん》し、いくつかの影《かげ》が目にもとまらぬ速さで切断される。それを、十二神将騰蛇《とうだ》の神気とも違《ちが》う熱気を帯びた苛烈《かれつ》な波動が一瞬《いっしゅん》で吹《ふ》き飛ばす。

その波動は魔物だけでなく、辺り一帯に満ちていた陰気《いんき》の風と雨をも勢いよく押し流した。

昌浩は瞠目《どうもく》した。あれほど厚く垂れこめていた黒雲が、駆けてくる物の怪に押し切られるように割《さ》けて、雨が止《や》んでいく。

物の怪の神気で切り裂《さ》かれたような筋。陰気の狭間《はざま》がそこにできていた。

「昌浩！　…と、昌親⁉」

九条邸跡《やしきあと》に降り立った物の怪は、予想していなかった昌親の姿に目をしばたたかせる。

物の怪の体から放たれるきらきらとした火花に似た閃光。それが辺りに散って、泥水《どろみず》の底にいた邪念《じゃねん》が急にざわついたのを昌浩は感じた。

泥水がにわかに波立ち、やがて静まっていく。

九条邸跡をあれほど色濃《いろこ》く満たしていた黄泉《よみ》の陰気は、神将たちと神使から逃《に》げるようにあっという間に遠ざかっていった。

5

「……もっくん…勾陣…」

ふらふらと立ち上がった昌浩は、茫然と呟いてから胸の中がひんやりとしたのを自覚した。

十二神将最凶《さいきょう》と二番手の、目が怖《こわ》い。

出てくるときに何をしたかを思い出し、どっと冷や汗《あせ》が出てきた昌浩だ。

一方、物の怪の姿を見るなり息を呑んだ太陰は、昌親の背中に隠《かく》れた。こんなふうに慄《おのの》いていられる場合ではないのだが、体が勝手に動くのだから仕方がない。それに、昌浩が同胞《どうほう》たちにしたことも相まって、彼らと極力目を合わせたくないのだった。

目を泳がせた昌浩は、ふと瞬《まばた》きをしてから天を仰いだ。両手のひらを空に向けて掲《かか》げる。

雨が、止んでいる。いや、止んだわけではない。黒雲はまだ都の上空を覆《おお》っている。物の怪の放つ火花に追いやられて薄《うす》くなった箇所《かしょ》以外は、相変わらず降雨がつづいているのだ。

屋外で体に雨が当たらないのは本当に久しぶりだ。

それに、気のせいだろうか、呼吸がしやすいように感じる。息を吸い込んでも胸の中が冷たくならない。

水たまりの底にひそんでいた邪念も気づけばどこかに逃げたようだ。

おそらくいま、都中でこの場だけ、陰気に陽気が勝《まさ》っている。

呆《ほう》けたような顔の昌浩めがけて降下してきた嵬が、眼前で激しく翼をはばたかせた。

『安倍昌浩、魂蟲はいずこだ！』

焦燥《しょうそう》を隠さない声音《こわね》に耳朶《じだ》を叩《たた》かれて、昌浩ははっと我に返る。

物の怪と勾陣に遅《おく》れて九条の敷地《しきち》内に降り立った益荒が、そのまま昌浩に近づいたかと思うと中空で静止している嵬を無造作に押しのけた。

『ぬおっ⁉』

均衡《きんこう》を崩《くず》して落下しかけた嵬は、泥水に浸《つ》かる間際《まぎわ》に体勢を立て直す。

ばさばさと翼を鳴らしながら益荒の眼前まで上昇《じょうしょう》した嵬はかっと眦《まなじり》を決した。

『貴様、無礼であろう！　我を何と心得る！』

その鴉《からす》を、昌浩の腕《うで》が後ろからがしっと捕《つか》まえた。

『むっ⁉』

「魂蟲……」

懸命《けんめい》に言葉を紡《つむ》ぐ昌浩の唇《くちびる》がわななく。

「……嵬、どうしよう…、姫宮様の…姫宮様の、魂蟲…が…っ…」

それ以上言葉にならなくなって、昌浩は喘《あえ》ぐように息を継いだ。

「……姫宮…さま………っ」

風音が命がけでつないでいる脩子の命は、もうだめかもしれない。堪《こら》えに堪えてきたのに、ついに堪えきれなくなったものが迸《ほとばし》りそうになる。せっかく成親が黄泉の大磐《おおいわ》をこじ開けて、黄泉に連れ去られた魂蟲たちを解放し、式に人界まで先導させてくれたのに。

黄泉から逃《のが》れた魂蟲たちは瞬く間に人界の陰気で霊力《れいりょく》を削《そ》がれてしまった。

あの中には内親王脩子の魂蟲もいたはずなのに、一羽《わ》残らずほどけて消えたのだ。

訝《いぶか》し気に昌浩を見ている物の怪と勾陣に、昌親がそっと経緯《いきさつ》を耳打ちした。

ふたりの闘将《とうしょう》はさすがに瞠目して視線を交《か》わす。

物の怪はたまらなくなったように口を開きかけた。が、兄を失ったふたりにかける言葉が見つからなかったのか、しばらくもごもごと口を動かしてからしおしおとうなだれた。

勾陣も似たようなものだ。彼女にとって、産まれた頃《ころ》から身近な、神将たちが手塩にかけて鍛《きた》え上げた、とりわけ期待をかけていた安倍の子どもだ。それがひとり欠けたという事実は、重く深く神将の胸をえぐるのに充分《じゅうぶん》だった。

「……魂蟲…全部…くずれて……っ…」

振《ふ》り絞《しぼ》るように告げる声が痛々しい。

あがくのをやめて昌浩に向き直った嵬は、不機嫌《ふきげん》そうに眉間《みけん》にしわを作った。

『崩れた？』

昌浩は顔を歪《ゆが》めてうつむく。

「形がほどけて…崩れて、そのまま……」

自分の放った言葉が胸にぐさりと突《つ》き刺《さ》さった。足元が崩れ落ちそうな絶望感に襲《おそ》われて、手の力が抜ける。

嵬は身をよじって自由を取り戻《もど》すと、昌親を見た。

『魂蟲《たまむし》はどこで消えたのだ』

昌親が神妙《しんみょう》な面持《おもも》ちで示した辺りを飛び回った嵬は、ばさばさと翼を鳴らしながら太陰の頭にとまる。

「ちょっと！」

嵬は太陰の抗議《こうぎ》をものともしない。

『数多《あまた》の魂が転生の輪に向かったのは間違《まちが》いないが、内親王はおらぬぞ』

思いもよらぬ守護妖《よう》の発言に、その場の者たちが反応するまで少しの時が必要だった。

「……なんだと？　どういうことだ？」

唸《うな》ったのは険しい面持ちの物の怪だ。嵬は翼をすくめて見せる。

『どういうことも何もない。魂蟲は…ああ、その穴からここに出たのか。光が戻ってくるとの姫の仰《おお》せのとおりであった』

昌浩は、誇《ほこ》らしげに胸をそらす嵬に詰《つ》め寄った。

「そんなことより、姫宮様の魂蟲は、ここにきてない!?」

風音の言葉をそんなこと呼ばわりされて、気分を害した嵬はくちばしを開きかけたが、その場にいるほぼ全員の目の色が変わっているのに気づき、仕方なく怒《いか》りを抑《おさ》えた。

『間違いない。内親王の魂蟲の気配は感じられぬ』

ここに出てきて陰気の雨にさらされた魂蟲たちは可哀想《かわいそう》なことになったが、どのみち彼らが帰るべき宿体の鼓動《こどう》は止まり息も絶えていただろう。

岩戸の向こうに囚《とら》われたままでは転生の輪に入ることもかなわず、穢《けが》れた死人のまま黄泉で永劫《えいごう》のときを過ごすはずだったのだ。蝶《ちょう》の姿がほどけて崩れたことで、死した者が歩む本来の道に戻れたのだという解釈《かいしゃく》もできるのである。

『宿体が生かされているのだから、内親王の魂蟲が冥府《めいふ》に向かうことはない』

脩子は天照大御神の分御霊《わけみたま》だ。それだけでなく、いま脩子の魂は、道反大神の娘《むすめ》である風音のそれと強く結びついている。そして、風音と嵬の魂もまたつながりを持っている。

いまならば、脩子の魂の半分が人界に戻ってきたなら、嵬はその気配を必ず察知できるはずなのだ。だから風音は嵬を差し向けたのである。

『しかし、内親王の気配は人界のどこにもおらぬ。ならば、いま内親王は…』

嵬の視線は、魂蟲たちや昌浩と太陰が出てきた池の底に向けられた。と、ごぽんとあがってきた大きな泡《あわ》が音を立てて弾《はじ》け、黄泉の陰気が舞《ま》い上がって辺りに散らばった。

『おそらく、夢殿《ゆめどの》だ』

断言すると、道反《ちがえし》の守護妖は緊迫《きんぱく》した面持ちで一同をぐるりと見回した。

『我はここから夢殿にゆく。安倍昌浩、我が入ったら即《そく》この口を閉じよ』

「え？　でも…閉じたら、嵬は」

人界に戻ってこられなくなるとつづけようとした昌浩を、嵬はふんぞり返ってさえぎった。

『我を何と心得る。我が主《あるじ》は道反大神。黄泉津比良坂に塞《さや》り坐《ま》す黄泉戸大神《よみどのおおかみ》なるぞ。神も妖《あやかし》も死者も住む夢殿など我が庭も同然』

傲然《ごうぜん》と言い放つ嵬を、昌浩はまじまじと見た。そういえばそうだった。神将たちも入れない夢の世界を、風音や嵬は自由に行き来できるのだ。

いつだったか夢の中で、嵬が守ってくれたことがあった。あれはそう、天狗《てんぐ》の外法《げほう》にまつわる事件のときだった。

そうして昌浩は思い出した。物の怪から愛宕《あたご》の異境の顚末《てんまつ》を聞こうとした矢先に益荒が現れて、そのまま立ち消えになってしまったことを。しかし、それを聞くのはいまではない。いまは、しなければならないことがほかに幾《いく》つもある。

『我が神の名にかけて内親王の魂蟲を捜《さが》し出し、必ずや姫の御許《おんもと》に連れゆこうぞ！』

その居丈高《いたけだか》な物言いが、いまの昌浩にはこれ以上ないほど頼《たの》もしく響《ひび》いた。

「頼む…！」

嵬は大きく翼《つばさ》を打つと太陰の頭から飛び立ち、泥水《どろみず》の溜《た》まった池の底に突進《とっしん》する。

その瞬間《しゅんかん》、空間がぐにゃりとひしゃげて幾つかの界が重なり合い、こじ開けられた。

昌浩の頭の芯《しん》が揺《ゆ》れて耳鳴りが生じ、視界が赤く染まって平衡感覚《へいこうかんかく》が一瞬狂《いっしゅんくる》った。

嵬の姿が池の底に消える。泥水の飛沫《しぶき》が上がり、激しく波打つ水面《みなも》がいびつに渦巻《うずま》く。それを割って池の底から陰気《いんき》の塊《かたまり》が噴出《ふんしゅつ》した。

黄泉の入り口から吹《ふ》いてきた陰気の風だ。噴《ふ》き出した陰気の奔流《ほんりゅう》がなだれてくる。

昌浩はその前に立つと、拍手《かしわで》を打った。右手で結んだ刀印《とういん》を構えて息を整える。

「オン！」

掲《かか》げた刀印の切っ先に裂《さ》かれた陰気が二手に割れる。

それを迎《むか》えるのは物の怪と勾陣だ。

「昌親、下がって」

昌親の前に出た太陰は、黄泉の陰気が広がらないよう敷地全体を風の壁《かべ》で囲う。

言われるまま下がった昌親は、平静を装っている太陰の額から脂汗《あぶらあせ》が噴き出しているのを認めた。小柄《こがら》な神将が、気を抜《ぬ》くと上がりそうになる呼吸を必死で抑え込んでいるのがわかる。

「た…」

昌親が思わず声を上げかけたとき、物の怪の全身から焔《ほのお》の神気が迸った。十二神将騰蛇の神気とは違《ちが》う、白い閃光《せんこう》をまき散らす苛烈《かれつ》な波動だ。

まるで数多《あまた》の星が天から落ちてきたようなそれが、太陰や昌親に雨のように降り注ぐ。

反射的に目を閉じて顔を覆《おお》った太陰は、ふっと呼吸が楽になったのを感じた。火花の散るかすかな音が耳の近くで生じたかと思うと、体にまといついた欠片《かけら》がひときわ強い光を放って太陰を包み、全身に吸い込まれていく。

「……！」

太陰は目を見開いた。それまで鉛《なまり》の塊と化してしまったように重く、うまく動かせなくなっていた体が、嘘《うそ》のように軽くなっている。枯《か》れかけていた神気は体の奥底からとめどなく湧《わ》き、まとわりついていた陰気の欠片を吹き飛ばした。

「……なに…これ…どうして…」

茫然《ぼうぜん》と呟《つぶや》いた太陰に答えたのは勾陣だ。

「高龗神からの助力だ。…たぶん」

言い切れないのは、これを叩《たた》き落とされた当人がかなり苦労して必死で抑え込んでいるのを知っているからである。

とうの物の怪は、肩《かた》を激しく上下させながら、あちこちに飛び散りそうになる火花に目を光らせていた。

一瞬でも気を抜くと軻遇突智の焔が暴走しそうだ。同胞《どうほう》たちや昌浩や昌親に害がないよう制《せい》御《ぎょ》しながら黄泉の風にぶつけて相殺《そうさい》させるのは、なかなか至難の業《わざ》だった。

ともすると、神気だけでなく焔が噴き上がりそうになる。

十二神将騰蛇の炎《ほのお》は何もかも焼き尽《つ》くす業火《ごうか》だが、軻遇突智神の焔は次元が違う。ほんの少しでも扱《あつか》い損《そこ》ねれば想像したくない事態に発展するのは明白だった。

昌浩は刀印を掲げたまま、陰気が噴き出してくる黄泉の穴を凝視《ぎょうし》していた。

人界への黄泉の陰気の侵入《しんにゅう》を禁じ、五芒星《ごぼうせい》と呪文《じゅもん》で封《ふう》を為《な》す。それで穴はふさがれる。鬼が通るために無理やりつなげた穴だ。陰陽師《おんみょうじ》の術で封じればもう開くことはない。

早く閉じなきゃと気持ちは逸《はや》るのに、頭のどこかで声がする。

いま、これを閉じたら。

鼓動が不自然に跳《は》ねた。脳裏《のうり》をよぎるのは、黄泉の入り口の大磐《おおいわ》の前で繰《く》り広げられた、あの凄惨《せいさん》な光景。

「…………っ…」

大きく目を見開いた昌浩の唇《くちびる》が、激しくわななないた。

昌浩たちが入り込んだところには、泉津日狭女に導かれたから行けたのだ。

この風は黄泉から噴き出してきた陰気。この口は、いまあの澱《おどみ》の殿《あらか》と確実につながっている。

まだ、つながっている。

もしここでこれを閉じてしまったら、あそこに行く手立てがなくなる。

様子を確かめることも、迎えにいって連れてくることも、できなくなる――。

息が乱れる。手が動かない。早くしなければと急《せ》かす理性を、感情が阻《はば》む。

どうしても諦《あきら》められない。どうしても、どうしても。だって。

「……昌浩」

昌浩は、はっと息を呑《の》んで肩を震《ふる》わせた。静かな呼びかけの主は次兄《じけい》だ。

見れば、いつの間にか昌親は、昌浩のすぐ傍《かたわ》らにいた。

昌親の刀印がついとのばされて、おもむろに横一文字を描《えが》く。そして彼は、厳《おごそ》かに唱えた。

「――禁」

昌浩は瞠目《どうもく》した。術が発動し、黄泉の風が阻まれ、押し返される。

ふたつの界を隔《へだ》てる境の線を引き直した昌親は、そのまま刀印で五芒星を描き出した。

「あ…兄上、まだ、向こうに…っ」

次兄が何をしようとしているのかを悟《さと》って昌浩は激しく狼狽《ろうばい》する。

「兄上、だめです！　成親兄上が…っ！」

しかし、弟の悲鳴のような声にも昌親は動じない。

彼が一度だけ昌浩に向けた目には、覚悟《かくご》の光があった。

「印をもって封じと為す。――急々如律令《きゅうきゅうじょりつりょう》」

金色の線が走って五芒星が池の底に刻まれ、強い輝《かがや》きを放つ。

「…………」

昌浩は蒼白《そうはく》になって立ちすくんだ。頭が真っ白になって何も考えられない。

黄泉の風の出口は完全に閉じられた。あの場につながる唯一《ゆいいつ》の路《みち》が、断《た》ち切られた。

茫然とする昌浩の耳に、静かな声が届いた。

「……さっき、言ったろう」

のろのろと視線をめぐらせる。兄は五芒星の輝きを見据《みす》えていた。

「何もかもひとりで背負《しょ》い込もうとすること自体がおこがましい」

「……あ……に……」

ようやく絞《しぼ》り出した声は、みっともないくらい掠《かす》れていた。

「ここを閉じたのは、お前じゃない。――私だ」

淡々《たんたん》と紡《つむ》ぎながら昌親は、自らが描いた五芒星の光を瞬《まばた》きもせずに凝視する。

これをやったのは自分だ。

兄を、遠い場所に置き去りにしたまま、誰《だれ》もそこに行けなくしたのは。

この弟ではなくて。いつも黙《だま》って全部を背負ってきた弟ではなくて。

だから。もしいつか、すべてをつまびらかにしなければならない日がやってきたとしても、
どうしてだと義姉《ぎし》や甥《おい》や姪《めい》たちに責められてなじられるのは、穴を閉じた昌親だ。

「――……」

決して行けない場所に想《おも》いを馳《は》せるよう、昌親は瞼《まぶた》を閉じた。

もう会えなくてもわかる。きっと最期《さいご》は笑って逝《い》ったに決まっている。そういうひとだ。

けれども自分はだめだ。しばらく笑えない。

両腕《りょううで》になろうといったくせに、ひとりで逝ってしまった無責任さに怒《おこ》っている。

きっとずっとこの怒《いか》りは解けない。

だが、すべてを負うには小さすぎる弟の肩から少しでも荷を預かるくらいはしないと、いつかあちらにいったとき顔向けができないとも思う。

そこで昌親は気がついた。一度でも黄泉《よみ》に与《くみ》してしまったからには、兄がいるのは冥府《めいふ》ではなくて黄泉国なのか、と。

なら、そこに行ける陰陽師にならないと、文句のひとつも言えないのだ。

まだまだ修行《しゅぎょう》が必要だ。どれほど尽力《じんりょく》しても、あの兄に追いつけそうにはないけれども。

感傷を振《ふ》り切るように瞼を上げた昌親は、物の怪たちを顧《かえり》みてから昌浩に視線を据《す》えた。

「……お前には、これからもやることがたくさんあるんだろう？」

もの言いたげな顔をしながら黙って頷《うなず》く弟の頭を、昌親は乱暴に撫《な》でた。

「都のことは任せろ」

「…………」

昌浩は、泣きそうな顔で唇を震わせて、しかしやはり何も言わない。何も、言えない。

それを予想していた昌親は、そっと苦笑《くしょう》すると踵《きびす》を返した。

「勾陣、おじい様は邸《やしき》か？」

問われた神将は、様々な感情がないまぜになった面持《おもも》ちで答えた。

「いや。迎《むか》えがきて竹三条宮に向かった。内親王についているはずだ」

「わかった。……ここまでに起こったことは、私から伝えておく」

全員がはっとする。昌親は、つらい役目を引き受けると言っているのだ。

「昌浩を、頼《たの》むよ」

様々な思いを込めたひとことを受けた勾陣が、おもむろに昌浩を見やった。

「昌浩。私は昌親と行く」

「勾陣？」

昌親と昌浩が異口同音に訝《いぶか》し気な声を上げる。

「黄泉の魔物《まもの》はまだいるはずだ。ひとりでは危ない」

大丈夫《だいじょうぶ》だと口にしかけた昌親は、勾陣の瞳《ひとみ》を見て言葉を喉《のど》の奥に呑み込んだ。

昌親の身を案じている以上に、勾陣が昌親をひとりにさせたくないのが見て取れた。

彼らの知らぬ間に成親の命が失われていたという事実は、昌親が思っているよりずっと深く神将たちの胸に突《つ》き刺《さ》さっているのかもしれなかった。

「…でも。勾陣の力は、昌浩に必要なんじゃないか？」

十二神将二番手の戦闘力《せんとう》は凄《すさ》まじい。これから先も黄泉の魔物と対峙《たいじ》するなら、勾陣は昌浩に同行すべきだ。

そう主張する昌親に、しかし勾陣は頭《かぶり》をふる。

「騰蛇がいる。有象無象《うぞうむぞう》が群れを成してこようとどうにでもなる」

いったん言葉を切った勾陣は、物の怪に鋭《するど》い一瞥《いちべつ》をくれた。

「できないとは言わせない」

「誰に向かって言っている」

目をすがめて応じた物の怪は尻尾《しっぽ》をぴしりと振る。頷いた勾陣は、ふいに瞬きをした。

「……昌親、星の形の籠《かご》を作れるか？」

唐突《とうとつ》な問いかけに、意表をつかれた昌親は目を丸くする。

「籠？」

「このくらいの大きさで、どこから見ても六芒星に見える光の籠だ」

彼女が言っているものが何かを察した昌浩が口を開く。

「じい様が作ったあれのこと？　手のひらにのるくらいの、術を閉じ込めてた星」

「そうだ」

「星の籠…これかな」

刀印《とういん》を作った昌親は宙に幾《いく》つかの図形を描く。金色の軌跡《きせき》が結ばれて、小さな星の籠を作り出す。ただし、晴明が作ったものの四分の一程度の大きさの、ごく小さなものだ。

勾陣は物の怪にまといつく燐光《りんこう》を無造作に掻《か》き集めた。

「それにこれを閉じ込められるか？」

「どうかな…」

眉根《まゆね》を寄せた昌親は、星の籠を勾陣の手のひらに落とすと、刀印の先で籠目を描いて口の中で呪《しゅ》を呟《つぶや》いた。すると、軻遇突智の焔《ほのお》の欠片《かけら》は音もなく星の籠の中に吸い込まれ、ひとつの塊《かたまり》となって静かに揺《ゆ》らめいた。心許《こころもと》なげな表情とは裏腹に見事な手腕《しゅわん》だ。

勾陣は昌親に星の籠をもう幾つか作らせ、燐光をその中に入れ込んでいった。

ずっと背中を掻きまわされつづけた物の怪はかなり渋《しぶ》い顔をしていたが、勾陣はそれをひたすら黙殺《もくさつ》した。

物の怪は深々と息をついた。勾陣の意図がわかるのでじっと我慢《がまん》しているのだ。

晴明も、主《あるじ》についている同胞《どうほう》たちも、陰気《いんき》に力を削《そ》がれている。しかし、穢《けが》れの雨が降りつづくいまの人界では自然な回復は望めない。

軻遇突智の焔は陽気の塊だ。持っていってやればだいぶ楽になるだろう。

「……これだけあればいいか」

勾陣の声が聞こえて、昌浩ははっと我に返った。

一寸にも満たない大きさの星の籠が、昌親の手のひらにたくさんのっている。

軻遇突智の焔が揺れるそれは昌浩たちを白く照らした。照らされているだけで体が楽になっていくような気がするのは、軻遇突智の神気のあたたかな波動を浴びているからか。

無数の小さな星の籠を手巾《しゅきん》で包んで懐《ふところ》にしまうと、昌親は手をのばして自分より高くなった弟の頭を撫でた。

「行っておいで。気をつけて」

昌親が口にしたのはそれだけだった。しかし昌浩には、ちゃんと帰ってくるんだぞ、とつづいたのが聞こえた気がした。

「……ん」

うまく答えられなかった昌浩は、神妙《しんみょう》な顔で頷いた。

昌親の姿と、隠形《おんぎょう》した勾陣の気配が遠ざかっていくのを、一同は黙って見送った。

封印《ふういん》の五芒星《ごぼうせい》が土の中に沈《しず》んでいく。金色の光が消えて、再び闇《やみ》が降りてきた。物の怪の体にまといつくきらきらとした白い閃光《せんこう》は相変わらずだ。衰《おとろ》える様子もない。これを使うことで消耗《しょうもう》しきっていた益荒の力も復活したという。

「すごいねぇ…」

心から感嘆《かんたん》する昌浩自身もだいぶ体が楽になっている。

ずっと無理を重ねて神気を削がれつづけていた太陰の頬《ほほ》にも、久々に赤みがさしていた。

もの言いたげにしながら黙《だま》っていた益荒が、ここでようやく切り出した。

「斎様の魂《たましい》が、何者かに奪《うば》い去られた」

「っ！」

さすがに息を呑《の》む昌浩に、益荒は海津島で起こったことをかいつまんで語った。

「そんな…」

昌浩は絶句して拳《こぶし》を握《にぎ》り締《し》めた。

伊勢の神使益荒が、生気も神気もほぼ枯《か》れた傷だらけの状態で安倍邸《てい》に現れたときから、ただならぬことが起こっている予感はあった。

穢れの雨が降り、都に荒《あ》れ狂《くる》う金色の龍《りゅう》が出現する。国中に張りめぐらされた龍脈を、神気ではなく穢れがめぐる。穢れは大地から天にも波及《はきゅう》し雨を降らせる。穢れの雨を。

それは以前の、地御柱が邪念《じゃねん》に覆《おお》われて穢れたときに起こった現象だ。

おびただしい数の黒蟲《くろむし》が地御柱の場に生じ、それに覆われた巨大《きょだい》な柱はすっかり気枯れてしまったのだという。そして、黒蟲の群れの中から現れた先代の玉依姫《ひめ》の姿をしたものに、斎は惑《まど》わされ魂を奪われた。魂の抜《ぬ》けた宿体は海津見宮で深い眠《ねむ》りの中にあるという。

昌浩の肩《かた》にのった物の怪が訝し気に口を挟《はさ》んだ。

「待て。玉依姫の亡骸《なきがら》は残らなかったんだったよな？」

物の怪の指摘《してき》に昌浩ははっとした。そういえばそうだった。

昌浩はその場を見ていないが、息絶えた先代玉依姫の体は光となって消えたのだ。事態が終息したあとで誰《だれ》かからそう聞いた。

「斎はそれを見ていたはずじゃなかったのか？　なのにどうして惑わされたんだ？」

物の怪の疑問は至極《しごく》当然のものだった。

そもそも、神界と人界の狭間《はざま》のようなあの地御柱の場にそんなものが現れることがおかしい。罠《わな》以外の何だというのか。なぜそれを見抜《みぬ》けなかったのか。

「年端《としは》もいかない子どもならともかく。まがいものだってわかるだろう、斎なら」

すると、益荒はほろ苦い笑《え》みを作った。

「……それほどに斎様は、玉依姫に…母君に、会いたかったのだ…」

昌浩は斎の境遇《きょうぐう》を思い出し、胸を衝《つ》かれた。

ある日突然《とつぜん》、斎は母親に忘れられた。玉依姫の中に、自分が産んだ娘《むすめ》は確かに存在していた。しかし、すぐ目の前にいる少女がその娘であることを、玉依姫は忘れてしまったのだ。

玉依姫はいまわの際《きわ》にも斎を一瞥もしなかったという。

「……そうだ。守直《もりなお》が眠ったまま目を覚まさなくなってしまったことも、斎様の不安や寂《さび》しさを募《つの》らせてしまった一因だろう」

見ればふたりとも何かを察したような顔だ。

「あー…」

虚《きょ》をつかれた昌浩が言葉を失うと、物の怪と太陰が小さく声を上げるのが聞こえた。

「わ…？」

「ああ。斎様のことですっかり忘れていた」

訊《き》き返す昌浩に益荒は平然と頷《うなず》く。

「守直殿《どの》が？」

彼らは益荒の、いついかなるときも何をおいても主が最優先という清々《すがすが》しい姿勢にいたく共感していた。

神将たちにとって安倍晴明が唯一《ゆいいつ》絶対の主であるように、神使たちにとっては玉依姫がもっとも大切な存在だ。周囲の人間たちはときとして神使の目に入らない。斎の父親だから守直を丁重《ていちょう》に扱《あつか》っているが、彼自身にさしたる思い入れは神使たちにはないのである。

こんなときだが、昌浩は守直にほんの少しだけ同情した。

「守直も体から魂が抜けている。斎様と同じだ」

益荒の言葉に昌浩はひやりとした。もしやそれは。

「咳《せき》はしてなかった？　ひどい咳をして、血を吐《は》いたりは…」

「いや。…そういえば、宮に仕える度会《わたらい》の者たちがひどく寒いと言っていた。幾人かは不調を訴《うった》えて床《とこ》についているが、咳をしている者はいなかったと思う」

「寒い…陰気が海津見宮にも…」

険しい顔で呟き、昌浩は何かを思いついた目でひとつ頷いた。

「――太陰」

呼ばれた太陰の顔つきがすっと引きしまる。

都から伊勢までは遠い。神将たちの神足に頼《たよ》るとしても陸路では相当の時間がかかる。しかし太陰の風流で空を飛び最短距離《きょり》をつっきればたぶん三刻もかからない。いますぐ発《た》てば明け方には海津島に到着《とうちゃく》できる。

「海津島まで、飛べるか…？」

尋《たず》ねながらも昌浩の面持《おもも》ちは苦しげだった。阿波に旅立ったときから、太陰には無理をさせつづけている。

思えば、ここ最近ずっと太陰と一緒《いっしょ》にいるのだ。悲しいところにもつらいところにも。太陰は昌浩のそばにいて、同じものを見聞きして、同じ思いを味わっている。

できることなら昌浩は、この小柄《こがら》な神将を祖父のところに帰してやりたかった。

残りの時間があまりないのは、祖父も昌浩と同じだ。彼女の力が必要であると同時に、主のそばにできる限りいさせてやりたいと思うのもまた、昌浩の嘘偽《うそいつわ》りない本音だった。

「ええと、太陰じゃなくて、白虎に頼《たの》むのでもいいんだけど…」

言い添《そ》えた昌浩に答えたのは物の怪だ。

「白虎はまだ愛宕の異境だ。当分戻《もど》れない」

「え、そうなんだ？」

驚《おどろ》いて目を見開く昌浩に、太陰は一歩進み出た。

「急ぐわよ昌浩」

「太陰」

「みんな運んでいいのよね？」

みんなと言いながらも太陰の視線は巧妙《こうみょう》に物の怪を避《さ》けている。

それでも、昌浩は気がついた。太陰と物の怪との距離が少しだけ縮まっていることに。物の怪は昌浩の肩にのっていて目線が高いところにあるので、もしかしたらその変化に気づいていないかもしれないが。

太陰の神気が渦《うず》を巻いて全員を取り囲むと、音もなく上昇《じょうしょう》して一気に加速した。

黒雲が薄《うす》くなった箇所《かしょ》を抜けて豪雨《ごうう》の下に入った。都がみるみるうちに遠ざかっていく。

陰気《いんき》に触《ふ》れて冷えるのを覚悟《かくご》していた昌浩は、いつまでたっても指先があたたかいままであることに気づいた。

太陰の神気の風に包まれているからだろうか。

不思議に思いながら指を開閉させていると、視界のすみでちらちらとした火花がぱっと弾《はじ》けて散ったのが見えた。

物の怪の体にまといつく火花のような白い燐光《りんこう》。軻遇突智の焔《ほのお》の欠片《かけら》だ。

太陰の様子を窺《うかが》うと、すっかり血の気の戻った横顔にはさらなる気力がみなぎっていた。

益荒にも生気と神気が足りているのが認められた。この分なら傷の治りも早いだろう。

物の怪の放つ軻遇突智の神気が、消耗《しょうもう》していた全員に力を与《あた》えてくれているのだ。

これなら、昌親が持っていったあの星の籠《かご》はきっと祖父の役に立つだろう。

「……………」

昌浩は右肩《みぎかた》にそっと手を当てた。霊力《れいりょく》を込めてみようとしたが、ちりっとした痛みが肩から広がって、慌《あわ》ててやめた。術者がいなくなったいまも、霊力封《れいりょくふう》じの術は生きている。

あの兄が巧妙に仕掛《しか》けた術だ。よほどのことがない限り解けないかもしれない。

道反大神の神気でしのげている間に解呪《かいじゅ》しなければ困ったことになる。

「やりすぎだよ兄上…」

泉津日狭女や智鋪の祭司の手前容赦《ようしゃ》できなかったにしても、もう少し考えてほしかった。

昌浩を潰《つぶ》すふりをするだけならここまで強固な術でなくても良かったはずなのに、一切《いっさい》手を抜かないどころか全力で叩《たた》きにきたところが成親が成親たるゆえんだろう。

それでいて、最後の最後で。

——……たのむぞ…

「…………っ…」

喉《のど》から出かかった声を寸前で嚙み殺《か》した。堪《こら》えても堪えても、ふとしたときに堪えきれずこぼれ出そうになる。

霊力封じをされているのに頼まれても困る。言っていることとやっていることがちぐはぐだ。

まったくあの兄にはいつだって周りが振《ふ》り回されるのだ。

なのにどうしても憎《にく》めない。

ひどいよ、あんまりだよ。そう恨《うら》みごとをぶつけたいのにもうそれはできない。

だから、偲《しの》ぶのは何もかもが終わったあとにする。

昌浩は唇《くちびる》を嚙んで遥《はる》か彼方《かなた》を見はるかした。

どこまでもつづく黒雲の下、白い物の怪の放つ白い閃光《せんこう》が散るたびに、縮こまった心があたたかくなる気がする。

こんな小さな光でもこうなのだ。雲間から太陽が顔を出したらどんなに心強いだろう。

昌浩はいま痛切に乞《こ》う。地上をあまねく照らす陽《ひ》の光を。

そのためには祈《いの》りが必要だ。気枯《けが》れた地御柱に注がれる、玉依姫《ひめ》の、斎の祈りが。

その祈りが確かな力を発揮するために陰陽師《おんみょうじ》がなすべきことは、地御柱を穢《けが》したものを退けるまじないだ。

降り注ぐ雨を散らして飛ぶ神気の渦は、伊勢の海に浮《う》かぶ島に向かっていく。

6

播磨国赤穂郡、菅生の郷《さと》の総領邸《てい》に郷の主《おも》だった陰陽師たちが集められたのは、闇《やみ》がもっとも深い丑三《うしみ》つだった。

この時分、音すらも途絶《とだ》える。世界が一番暗いとき。

あと少しで夜明けだとわかっていても、この暗さと静けさが永遠に終わらないような錯覚《さっかく》に捕《と》らわれそうになる頃《ころ》だ。

誰《だれ》も口にはしないが、郷人たちはみな螢の身を案じていた。

恐《おそ》ろしいことが起きている。個々では対処できないほど大掛《おおが》かりな何かだ。菅生の郷だけの問題ではない。おそらく、この世の行く末にかかわるようなこと。

幾《いく》つも点《とも》された燈台《とうだい》の炎《ほのお》が揺《ゆ》れる。

広間に集まった者たちが物音ひとつ立てず、息をひそめるようにして待っていると、遣戸《やりど》が開いて氷知が姿を見せた。

先代の現影《みかげ》だった男の肌《はだ》は橙色《だいだいいろ》の炎に照らされてもなお白く、動作の僅《わず》かなぎこちなさが彼の負った痛手の度合いを物語っていた。しかし、眼光の鋭《するど》さは息を呑《の》むほど。恐ろしいまでの気迫《きはく》に満ちている。

彼は居並ぶ血族同胞《どうほう》たちの顔をひとつひとつ確かめるようにゆっくりと視線をめぐらせた。

「……みなもう気づいていると思うが、大自在天と時守神が郷に戻った」

郷人たちは黙然《もくぜん》と頷《うなず》きながら、安堵《あんど》の表情を浮かべた。まだまだ安心できる状況《じょうきょう》ではないが、神がこの地に戻ったという事実は郷人たちの不安をほんの少し和《やわ》らげた。

「だが、郷を守るためには、これまでのような結界《けっかい》だけでは心もとない」

先代の現影は淡々《たんたん》と紡《つむ》ぐ。感情を排《はい》した語り口が、現状の危《あや》うさをかえって鮮明《せんめい》にさせた。

氷知は一度目を閉じて静かに息を吸い込み、瞼《まぶた》を上げた。

「……柱を立てる」

「……っ……」

動揺《どうよう》がさざなみのように駆《か》け抜《ぬ》けた。

誰ひとり声を立てる者はなかった。みなかろうじて堪えたのだ。

やや置いて、誰かがかすれた声で呟《つぶや》いた。

「…柱、を…？」

「そうだ」

神祓衆《かんばらしゅう》たちは今度こそ堪えきれずにざわめいた。対する氷知の表情はまったく動かない。

「夜が明け次第《しだい》動く。あまり時間がない。説明は一度しかしない、頭に叩き込んでくれ」

騒然《そうぜん》となっていた郷人たちは、そのひとことで水を打ったように静まり返った。

氷知は満足そうに頷くと、同胞たちに策の手順を告げた。

入らずの山の次元の狭間《はざま》は、いつどこに生じるか誰にもわからない。目を逸《そ》らした瞬間《しゅんかん》足元に穴が開いて呑み込まれるかもしれない。

空に開いて吸い込まれるかもしれない。気づかぬうちに入り込んでいるかもしれない。いずれにしても、狭間に入り込んでしまったら元の場所に戻ることは難しい。

運よくどこかに出られたとしても、もしかしたら人界ではないところに落ちるかもしれない。

だから、決してあの山に入ってはならないと戒《いまし》められているのだ。

智鋪の祭司と敵に与《くみ》した陰陽師は、その狭間の口を使って黄泉《よみ》につながる路《みち》を作り、菅生の郷に黄泉の魔物《まもの》たちを送り込んできた。

それは菅生の郷を窮地《きゅうち》に陥《おとしい》れはしたが、その一方で次元の狭間をそのように使うこともできることを郷人たちに知らしめた。

「次の敵襲《てきしゅう》がある前に、こちらから次元の穴を開け、柱を立てて黄泉の口を封《ふう》じる」

氷知の目がきらりと光る。応戦するのではなく、こちらから仕掛けるのだ。

神祓衆の陰陽師たちはもの言いたげな顔で視線を交《か》わし合った。

「……それは…螢様は…」

ためらいがちな声に、氷知の眉《まゆ》がぴくりと動く。

次代時遠は未《いま》だに幼く、当代の総領は螢だ。意識のない螢はこの策を聞いていないだろう。もし聞いたなら、あの螢がこの策を、柱を立てることを是《ぜ》とするだろうか。

郷人たちは螢の性格をよく知っている。彼女がこれを許すとはどうしても思えなかった。

「夢見のおばば様の許しは得た」

「でも……」

と、最後方から感情を抑《おさ》えた声が上がった。

「……螢の最たる望みは、郷を守ることだ」

郷人たちははっとして後方を顧《かえり》みた。螢の現影、夕霧だ。

氷知は静かに頷いた。

「その通りだ。螢様の尽力《じんりょく》に報《むく》いるためにも、黄泉からの路を断《た》つことを最優先とする」

黄泉の口を封じるためには次元の狭間に入らなければならない。

いつどこに開くかわからない狭間の口を、神祓衆たちの力で開くのだ。

五か所にひとを配して入らずの山を囲む五芒星《ごぼうせい》となす。それぞれに同等の能力を有した陰陽師を三名ずつ配置する。各所に配した術者の力は同程度でなければならない。どこかに僅かでも差が出ると、霊力の均衡《きんこう》が崩《くず》れて結界の強度が落ちるからだ。

狭間の口は、五芒星の中心になる位置に開く。そこから狭間に入り込み、どこかにあるはずの黄泉の口を探し当て、柱を立てて完全に封じるのである。

ひと通りの説明が終わったところで、ひとりがそろそろと手を上げた。

「…それで…、柱は……」

言いさす男の表情が険しい。ほかの者たちも似たような面持《おもも》ちだ。

黄泉の口に立てられる柱。命と引き換《か》えに術をなす人柱、いうなれば生贄《いけにえ》だ。

氷知の立てた策は、郷人ひとりの命を使うことで完成する代物《しろもの》なのである。

全員の目が先代総領の現影に注がれた。命をなげうって術と為《な》す柱の役を、果たして誰が負うのか。

五か所から同時に注がれる強大な霊力《れいりょく》を受けとめられる器量がなければ柱たりえない。となれば、柱の役につける者はおのずと限られてくる。

郷の存亡がかかっている。いや、おそらくことは郷だけにとどまらない。

自然と視線が集まるのは、郷で十本の指に入る強い霊力を持った者たちだ。

命を惜《お》しむ者はひとりもいなかった。みな険しい目で唇を引き結んでいる。果たして自分にその役をまっとうできるかと、それぞれが自身に問うているのだ。

誰がそれを命じられるか。郷人たちは息をひそめて耳を澄《す》ませた。

緊迫《きんぱく》した空気の中で、一同を見渡《みわた》した氷知はおもむろに告げた。

「──柱は、私が引き受ける」

思いもよらぬ言葉に神祓衆たちは色を失った。

声もなく視線を交わしあう郷人たちに、氷知はどこまでも冷静に言葉をつなぐ。

五芒星の五つの点に配される者たちの名を挙げ、刻限までに配置につくように指示すると、氷知は静かに一同の顔を眺《なが》め渡《わた》した。

「仕掛《しか》けるのは、寅《とら》の刻半ば」

神祓衆たちにぴりぴりとした緊張《きんちょう》が走った。本当にやるのか。

「……これまで世話になった。あとは頼《たの》む」

軽く目を伏《ふ》せた氷知は、仄《ほの》かに笑っていた。郷の者たちは無言で氷知を見返す。

寅の刻半ばまであと半刻ほどしかない。

雷鳴《らいめい》が轟《とどろ》き、燈台の炎が震《ふる》えるように大きく揺れたのを皮切りに、神祓衆たちは誰からともなく立ち上がると氷知に一礼して広間を出ていく。

やがて、氷知と夕霧だけが広間に残された。

夕霧は眉を吊《つ》り上げて氷知に歩み寄った。彼の名は五か所の点に配される者たちの中に挙がらなかった。菅生の郷の者たちの中で、十指に入る霊力の持ち主であるにもかかわらず、だ。

「氷知、なにを考えている」

食ってかかった夕霧に対し、応じる氷知はどこまでも静かだ。

「お前は螢様の現影だ。術を仕掛けている最中、螢様が無事でおられるように、ここを決して離《はな》れるなよ」

「氷知！　柱になるというのは……！」

ますます語気を強める夕霧から視線を逸らし、氷知はぽつりとこぼした。

「……主《あるじ》なき現影《みかげ》に、生きる意味があると思うか……？」

氷知の視線が向けられているのは、すぐ傍《かたわ》ら。

夕霧ははっとした。氷知は、広間の中央ではなく、中央より少し左に立っている。

神祇衆たちの視線が集まる中央は、本来ならば総領の立つところ。

そして、総領の現影は、主の左側、数歩分下がったところに立つのだ。

時守亡《な》きいま、中央に立つのは螢である。その螢が動けないいま、次代時遠が立ってしかるべきだ。しかし時遠はこの場に姿を見せなかった。

夕霧の思考を読んだかのように氷知が言った。

「時遠様は、隠《かく》し室《べや》だ。螢様の無事と、郷《さと》の安寧《あんねい》を氏神《うじがみ》に祈《いの》っておられる」

そう告げる氷知の目に懐《なつ》かしいものを追うような色がにじむ。

夕霧は感じた。氷知がいま見ているのはきっと、亡き主時守の姿なのだ。

「……夕霧、お前には、黄泉の穴をふさぐのとは別の役目がある」

「なに？」

氷知の目が夕霧を向いた。

「螢様に残された時は少ない。……今日か、明日か」

その言葉は夕霧の胸にぐさりと突《つ》き刺《さ》さった。握《にぎ》り締《し》めた拳《こぶし》が震えるのを抑えられない。

「……っ」

郷と血族同胞《どうほう》たちを守るために螢は残りの力をすべて使い尽《つ》くしてしまった。もう夕霧にはどうにもできない。口惜《くちお》しさと不甲斐《ふがい》なさが胸を焦《こ》がすようだ。

自身への憤《いきどお》りで青ざめる夕霧に、氷知は苦笑《くしよう》した。

「螢様は、必要なお方だ。この郷にも、時遠様にも」

ふっと笑《え》みを消した氷知の目がきらりと光る。彼は夕霧に顔を寄せ、声をひそめた。

「黄泉の穴を封じる寸前に、螢様の寿命《じゆみよう》と私の寿命とを振《ふ》り替《か》えろ」

「……っ⁉」

予想だにしなかった言葉に、さしもの夕霧も絶句して目を見開く。

息を吞《の》んだ夕霧の胸《むな》ぐらを摑《つか》んだ氷知は、鬼気迫《ききせま》る表情でつづけた。

「夢見のおばば様もご存じだ。いま準備を整えてくださっている」

「お前…」

いつの間に、と言いかけた夕霧をさえぎるように氷知はさらに言い募《つの》る。

「いいか、時機はまたたきひとつしかない。郷の者たちから注がれた霊力で黄泉の穴を閉じる寸前に、私の寿命と螢様の寿命を振り替えろ。ほんの僅《わず》かのずれも許されない。いまそれができるのは、お前くらいだ」

そして何よりも。

「──螢様のためなら、お前は躊躇《ちゅうちょ》なく私の命を使えるだろう…？」

そう付け加えた氷知の目が笑っているのを、夕霧は確かに見た。

「………」

彼の言うとおりだった。夕霧は、螢のためならほかの誰《だれ》かを犠牲《ぎせい》にすることもいとわない。

その相手が氷知であればなおのこと。螢の命がここまで削《けず》られることになった原因を作ったのは、ほかならぬこの氷知なのだから。

けれども、その氷知を螢は許し、次代時遠のそばにつけた。時遠の教育係には時守の現影だった氷知が一番の適任だからと、言って。

「形代《かたしろ》をおばば様に預けた。それを使え」

氷知自身の血で名と歳を書き記した人形《ひとがた》に、髪《かみ》を巻きつけ息を吹《ふ》きかけたものだ。

言葉のない夕霧の胸ぐらを離すと、氷知は自嘲《じちょう》するように顔を歪《ゆが》める。

「主亡き現影に生きる意味があるか？　………そろそろ、許してくれないか」

「…っ」

夕霧は息を詰《つ》めた。

それは、この数年氷知がずっと押し隠していた本音だった。

許してほしい。この生を終わらせることを。

本当は、主が死んだとき、後を追いたかったのだ。

しかし、主時守にそれを禁じられた。

そして螢も氷知が死ぬことを許してくれなかった。

螢は氷知を死なせたくないと本気で思っていた。彼女には報復心など微塵《みじん》もなかった。

時守の忘れ形見である時遠の成長を、誰よりも長く時守と過ごしていた氷知に見守ってほしい。螢は心からそう望んでいた。

それがわかっていたから、命を絶つことができないままずるずると生きのびてしまった。

「…あとを頼むぞ、夕霧」

踵《きびす》を返して広間を出ていく氷知を、夕霧は止められなかった。

あとで真実を知ったとき、螢は怒《おこ》るだろう。嘆《なげ》くだろう。そしてきっと泣くだろう。

しかし、郷を守るために人柱に立ち、残りの寿命を螢のものと振り替えるという氷知の覚悟《かくご》を、夕霧は否定できない。

逆の立場であったら、夕霧はおそらく氷知と同じ行動をするからだ。

主亡き現影として生きるより、郷を守って総領の寿命をのばして、堂々と主の許《もと》に向かう。

現影にとっては、主を失ったまま生き残るほうが死ぬよりずっとつらいのだ。

「…………」

夕霧は苦し気に顔を歪めた。たとえ二十年の寿命が振り替えられたとしても、恐《おそ》ろしいほど損《そこ》なわれている螢の体がそこまでもたない。寿命があっても体のほうが限界を迎《むか》える。

おそらく氷知もそれをわかっている。わかった上で、可能なかぎり螢の命を存《なが》えさせる策を取ったのだ。

それはきっと贖《あがな》いの気持ちだけではないと、夕霧は信じたかった。

隠し室の扉《とびら》を静かに開けた氷知は、中を覗《のぞ》いて思わず目を細めた。

「……これは……」

一心不乱に祈っていたはずの時遠は、その姿勢のまま瞼《まぶた》を落とし、軽く舟《ふね》を漕《こ》いでいた。

胸の内で氏神に詫《わ》びてからそっと室内に入った氷知は、起こさないように細心の注意を払《はら》って時遠を横たわらせた。

神弓破軍《はぐん》の祀《まつ》られた小さな社《やしろ》。在りし日に、郷と血族同胞の無事と繁栄《はんえい》を静かに祈っていた時守の背が思い出される。

時遠の横顔は父親によく似ている。成長すればもっと似てくるだろう。

それを見ていたかった気持ちも勿論《もちろん》あるけれども、あれもこれもと欲張《よくば》ると罰《ばち》が当たる。

それに、どんなに似ていようと、やはり氷知の主は時守なのだ。時遠ではなく。

替えられはしない。宿命にそうさだめられて生を受けた。現影《みかげ》とはそういうものなのだ。

しかし、時遠の現影はまだ存在していない。本来現影は主より先に産まれるはずなのに、未だにその兆《きざ》しすらない。それもまた、いま現世《うつしよ》を襲《おそ》っている異変の一端《いったん》なのだろう。

「……時遠様、お別れです」

眠《ねむ》る時遠にそっと語りかける氷知の目はとても優《やさ》しい。

「螢様がいてくださいますから、なんの心配もありません」

彼女の寿命をどれほどのばせるかはわからないけれども、少なくとも、時遠が元服するまでは持つだろう。それに、螢だけではない。夕霧も、実母の山吹もいる。長老たちも、郷の者たちも。そして小野の氏神も。

「…小野篁命《みこと》。どうか時遠様と、螢様と、郷のすべての者たちをお守りください」

それだけを願って、氷知は隠し室を出た。柱の術の成功を祈願《きがん》することはしなかった。

祈る必要も願う必要もない。未練はなく迷いもとうに失《う》せている。

郷の者たちとともに術を仕掛《しか》け、完成させるだけだ。

時刻でいえば夜明け間近だというのに、空一面を黒雲に覆《おお》われて、漆《うるし》を塗《ぬ》りこめたような暗《くら》闇《やみ》だった。

寅《とら》の刻半ばまであと四半刻ほど。

総領邸《てい》から出て入らずの山につづく路《みち》を行く氷知を見送る者は、ひとりもいなかった。

「……」

氷知は足を止めた。

見送る者はいなかったが、路の真ん中に陣取《じんど》って待ち構えていたものがいた。

「……もう帰ってこないのか？」

そう尋《たず》ねてきたのは、九流《くりゅう》族の比古についている妖狼《ようろう》たゆらだ。入らずの山に通じる路は細く、灰黒《かいこく》の狼《おおかみ》の大きな体に半ばふさがれている。

「比古についていなくていいのか？」

氷知に問われたたゆらは眉間《みけん》にしわを寄せた。

「みんな忙《いそが》しそうにしてて誰も見送れないみたいだからせめてお前だけでも行ってこい、て…比古が」

その比古も、使い終わった霊符《れいふ》を焼いているので手が離《はな》せなかったのだ。それがなければおそらくたゆらとともにここに来ていただろう。

苦笑いする氷知に、たゆらは重々しく告げる。

「俺、ちゃんと言えてなかったんだよな」

「阿波で、俺と比古を逃《に》がしてくれてありがとう」

生真面目《きまじめ》な顔で発された言葉に、氷知は珍《めずら》しく面食《めんく》らった様子で目をしばたたかせた。

「？　何を」

「…ああ」

言われてみればそんなこともあった。もう何年も前のような気がしていたが、あれからまださほど時間は経《た》っていないのだ。

色々なことがありすぎて目まぐるしい。

そのとき赤い雷《いかずち》が駆《か》け抜《ぬ》けて、重い雷鳴《らいめい》が轟《とどろ》く空を、氷知はついと見上げた。

「…黄泉《よみ》の口を閉じれば、木枯《けが》れを起こしている黄泉の風も止まる」

「うん」

頷《うなず》いたたゆらが寂《さび》しそうに呟《つぶや》く。

「…お前がもう帰ってこないのは、寂しいな」

「そうか」

「まぁ、俺はそれほどじゃないけど」

正直な妖狼に氷知は思わず目を細める。当然だ。氷知とたゆらは出会ってから日も浅く、それを補えるほど交流があったわけでもない。

「時遠だっけ？　あいつはきっと、寂しいと思う」

たゆらの声音《こわね》には妙《みょう》な実感がこもっていた。

産まれたときからずっと近くにいてくれた存在がいなくなる寂しさを、たゆらも比古もよく知っている。体の一部分がちぎり取られるような痛みとともに、心にいつまでも消えない穴が開くのだ。

時遠と自分とを重ねて意気消沈《いきしょうちん》するたゆらに、氷知はこんなことを言った。

「じゃあ、できるだけ時遠様に会いに来てやってくれ」

「ええ？」

たゆらは戸惑《とまど》ったように瞬《まばた》きをする。

「全部が片づいたらお前たちは出雲《いずも》に帰るだろう？」

「…うん、まぁ、たぶん」

「帰ったらまた来てくれればいい。それで、そうだな、時遠様に出雲九流族の技《わざ》を伝授してくれ。神祓衆《かんばらしゅう》が使える技は多いほうがいい」

思いもよらない要求を受け、妖狼は返答に詰《つ》まった。

「……それは、比古に訊《き》いてみないと」

「きっと螢様も同じことを言う。あの方は、神祓衆の総領だから」

神祓衆の益になることを螢がしないわけがない。

「ううん…一応伝えるけど、伝えるだけだからな」

「ああ。じゃあな」

不承不承の体で応じたたゆらの頭をぽんと叩いて、氷知はその横をすり抜ける。

そのまま振《ふ》り返らない氷知の姿が見えなくなるまで動かなかったたゆらは、やがて息をつき身を翻《ひるがえ》した。

総領邸の前庭で霊符を火にくべていた比古は、戻《もど》ってきたたゆらを見て作業の手を止めた。

「お帰り、たゆら」

「うん。氷知、行った」

「そうか……」

比古は筥《はこ》を抱《かか》えたまま火の前にしゃがむ。くべられた符はあっという間に火に包まれて崩《くず》れ落ちていく。

氷知とは短い付き合いだったが、もう会えないのは少し残念だ。平和なときだったらもっといろいろな話ができただろうに。

「比古に伝言」

「うん？」

目をやると、たゆらは神妙《しんみょう》な顔をしていた。

「全部片がついて出雲に戻ってからも、できるだけ時遠に会いに来て九流族の技を伝授してくれ、だってさ」

「えええぇ？」

眉間にしわを寄せてうめく比古に妖狼は長い尾《お》を振った。

「どうする、比古。これ、遺言《ゆいごん》てやつだぞ」

「そうだよ。なんで言うんだよ。聞いたら聞かなかったことにできないじゃないか」

渋《しぶ》い顔の比古にたゆらは口をとがらせる。

「きっと螢も同じことを言う、なんて言われたら、言わないわけにいかないじゃないか」

「え……」

軽く目を瞠《みは》った比古の語気が一変する。

「螢も同じことを言う、て、氷知が？」

たゆらが頷くと、比古は視線を滑《すべ》らせて炎《ほのお》をじっと見つめた。

時守が告げた言葉が甦《よみがえ》る。

――螢はきっと目を覚ます。氷知が、いるから
氷知や夕霧のような、白い髪《かみ》と赤い瞳《ひとみ》の者たちは、総領家の者に付き従う現影《みかげ》というのだそうだ。夕霧は螢の現影で、氷知は時遠の父時守の現影だったと聞いている。

正直なことを言えば、比古には螢が助かるとは思えない。それほどに、彼女に視《み》える死の影《かげ》は濃《こ》い。

しかし、時守神の声は現影への絶対的な信頼《しんらい》にあふれていた。それに加えて氷知の残した言

葉。――螢が死の淵《ふち》から舞《ま》い戻って目を覚ますという確信だ。

入らずの山の方角に視線を向けて、比古は低く唸《うな》った。

「あれをどうやって……」

次元の狭間《はざま》に入った氷知は命と引き換《か》えの術で黄泉の穴を閉じるという。神祓衆たちの呪《じゅ》力《りょく》を氷知という柱に注ぎ、黄泉の者たちが穿《うが》った穴を封《ふう》じるのだ。

だが、氷知はどうやらそれ以外にも螢を救うための何かをしようとしている。郷《さと》の者たちはそれについてひとことも触《ふ》れていなかったから、たぶん彼らも氷知の画策を知らされていない。

筥に残っていた符をすべて火に放《ほう》り、比古とたゆらは無言で入らずの山を見つめる。

もうそろそろ寅《とら》の刻半ばに差しかかる。

比古がそう思ったとき、妻戸《つまど》のひとつが開いて時遠の母山吹が姿を見せた。

打乱筥《うちみだりのはこ》を手に近づいてきた山吹に、慌《あわ》てて立ち上がった比古は手を差し出す。

「悪い、もう溜《た》まって…」

言いさした比古は筥の中身と山吹を交互《こうご》に見た。筥に入った霊符は数枚だけで、まだまだ余《よ》裕《ゆう》がある。

火の傍《かたわ》らにたたずんだまま、山吹は無言で入らずの山の方角を見つめている。

比古とたゆらは視線を交《か》わし、筥の中の符を火にくべた。あっという間に燃え上がった符が崩れて消える。

空になった筥を中に戻すべきか否《いな》かを考えていた比古は、ひゅっと息を呑《の》む音を聞いた。

山吹だ。彼女は入らずの山を見つめながら、唇《くちびる》を噛《か》んで肩《かた》を震《ふる》わせているのだ。

彼女の視線を追った比古は、口の中であ、と呟いた。

軽い耳鳴りがして、一瞬《いっしゅん》だけ視界が赤く染まった。次元の穴が開いたのだ。

同時に、山の頂に光の柱が立ったのが視えた。神祓衆たちの呪力が一斉《いっせい》に注がれて、光の柱のように天にのびていくのだ。

比古は息をつめた。

光の柱が徐々《じょじょ》に短くなっていく。なんというのだろう、山の頂《いただき》に穿たれた穴に柱が差し込まれていくような、と表現するのが近いだろうか。

次元の狭間の中、あの光の柱の下に、おそらく氷知がいるのだ。

狭間が開いたからなのか、ひときわ強く黄泉の風が吹《ふ》いてきた。すうっと体温が下がる感覚がある。

陰気《いんき》が強い。それほど霊力《れいりょく》の強くない山吹はこの風に相当消耗《しょうもう》させられるはずだ。早く屋内に入ったほうがいい。

口を開きかけた比古は、そのまま言葉を呑みこんだ。

「――――」

入らずの山を凝視《ぎょうし》する山吹の目から涙《なみだ》があとからあとからあふれ、頬《ほほ》を滑っていく。

「……っ……」

わないた唇から嗚咽《おえつ》がこぼれ落ちる寸前、彼女は両手で口を押さえた。しかし、どれほど堪《こら》えようとしても堪えきれない涙が次々に流れ落ち、山吹はやがてうつむくとしゃがみこんだ。声を殺して泣く彼女の肩が激しく震え、涙が地面にぱたぱたと落ちていく。

気づけば、あちこちからすすり泣く声がしていた。邸《やしき》にいる者たちが、こらえきれずに嗚咽していているのだ。

比古ははっと視線をめぐらせた。山に立っていた光の柱が完全に消える。

同時に、ずっとつづいていた耳鳴りがやんで、黄泉《よみ》の風がぴたりと治まった。

「…穴が…閉じた……」

比古が我知らず発した呟《つぶや》きに、山吹の肩がひときわ大きく震える。

「……」

のろのろと顔を上げてゆっくりと息を吐《は》き、静かに身を起こす。もう、泣いてはいなかった。

唇をきゅっと引き結んだまま比古に一礼し、山吹は中に戻っていった。

比古とたゆらはもう一度入らずの山を見つめた。

気づけば、うるさいくらいに鳴り響《ひび》いていた雷《いかずち》がやんでいる。空を見回しても赤い稲妻《いなずま》はどこにも見られず、代わりに黒雲がゆっくりと流れ出していた。

菅生の郷の上空の雲が少しずつ薄《うす》くなっているのに気づいたたゆらが目を輝《かがや》かせる。

「比古、雲がどんどん動いてる」

「…ああ」

一方の比古は、険しい顔で雲の流れを追っていた。

黄泉の口が閉じられ、風がやんだ。

あちこちにわだかまっていた陰気が土に沈《しず》んでいくのが感じられる。それだけでなく、郷に戻ってきた天満大自在天と時守神の神威《しんい》が、郷に残っていた陰気を押し流している。

郷を覆《おお》うようだった黒雲も徐々に追いやられていくのだが、その流れていく先が比古にはどうしても気にかかるのである。

陰気の塊《かたまり》のような黒雲が流れていくのは西。比古たちの故郷である出雲の方角だ。

人柱と引き換えに黄泉の口は封じられた。郷は守られた。それは間違《まちが》いない。けれども。

雲の流れを睨《にら》んでいた比古は、たゆらの背に手を置いた。

「……たゆら」

「どうした、比古」

訝《いぶか》る妖狼《ようろう》の耳に、比古の固い声が突《つ》き刺《さ》さる。

「出雲に…道反《ちがえし》に、戻ろう。…嫌《いや》な予感がする」

暗い屋内を照らす燈台《とうだい》の炎が揺《ゆ》れる。

横たわった螢の様子を窺《うかが》っていた夕霧は、はっと目を瞠った。

彼女の閉じられた瞼《まぶた》から涙がひと粒《つぶ》こぼれ落ちる。

「……」

かすかに震えた唇がいったい何と紡《つむ》いだのか、確かめるまでもなかった。

7

激しい雨に打たれながら足を進めていた昌親は、目指す宮の門まであともう数丈《じょう》というところで肩の力をふっと抜《ぬ》いた。

なんとか無事にここまでたどり着けたことに心の底から安堵《あんど》する。

九条の焼け跡《あと》からここまで、足元が悪く随分《ずいぶん》時間がかかった。昌浩たちと別れてから半刻以上、へたをすると一刻近くは経《た》っているかもしれない。

「いま何刻ぐらいだろう……」

なんとなく気になって、息をつきながら呟く。陰陽寮《おんみょうりょう》を出て九条の邸跡《やしきあと》に向かったのは亥《い》の刻半ばを過ぎたぐらいだったと思う。

雨で沼《ぬま》のようになっている路《みち》は泥《どろ》で足を取られてかなり歩きにくく、体力をだいぶ消耗した。

九条の焼け跡で昌浩たちと再会して、彼らと別れてここに来るまでの路の状況《じょうきょう》はさらにひどかった。たぶん思っているより時間がかかっているはずだ。

「寅《とら》の刻…にはなっていない、かな…。いや、過ぎたかな…」

どちらかというと、過ぎていてほしい、というのが昌親の本音だ。もっとも闇《やみ》が深い丑《うし》の刻を過ぎていてほしいのだ。

足を速めて竹三条宮の門前にたどり着いた昌親は、渋《しぶ》い顔で小さく唸《うな》った。

「さすがに、そうだよな…」

竹三条宮の門は、当たり前だが固く閉じられている。

ほとんどの者が休んでいる時刻でも宿直《とのい》の者がいるはずだ。しかし、この雷鳴《らいめい》と激しい雨音はちょっとやそっとの声など掻《か》き消してしまうだろう。

内親王についているはずの祖父が休んでいることはないだろうから、どうにかして自分のことを知らせられないだろうか。

思案する昌親の傍《かたわ》らに、隠形《おんぎょう》していた勾陣が突然《とつぜん》顕現《けんげん》した。

「勾陣？」

神将は訝る昌親に教えるように、雨にけぶる屋根の上を指し示す。屋根の上に懐《なつ》かしい姿を認めた昌親は声を上げた。

「あ、天后」

目を輝かせながら手を上げると、気づいた十二神将天后が目を瞠《みは》り、待っていてというような仕種《しぐさ》を見せてふっと姿を消した。それを見て勾陣は再び隠形する。

ややあって、門の向こうに人の気配が幾《いく》つか近づいてきたのが感じられた。

「誰《だれ》かあるか」

門越《ご》しに聞こえた声は警戒心《けいかいしん》に満ちている。

「はい。先触《さきぶ》れなしの非礼は平にご容赦《ようしゃ》を」

「名乗られよ」

「陰陽寮《おんみようりよう》寮官、安倍昌親。祖父安倍晴明がここにいると聞き及《およ》び、まかりこしました」

返答を聞いて、門扉《もんぴ》の向こうで数人がひそひそと言葉を交《か》わしている様子が伝わってきた。

やがて門《かんぬき》をあける音がして門扉が少し開く。隙間《すきま》から顔を覗《のぞ》かせたのは武装したいかつい顔の男だった。宮を守る警護の者だろう。

「……安倍昌親、間違いないな？」

「はい」

「化け物でも、魔物《まもの》でも、妖《あやかし》でもなく、人間だな？　安倍晴明ゆかりの者に相違《そうい》ないな？」

「……はい」

たぶん、と口の中で言い添《そ》える。訊問《じんもん》への返答にやや間があったのは、ひとり人外魔境《まきよう》の孫は果たして人間と言い切っていいのかと一瞬《いっしゅん》考えて言葉に詰《つ》まったからだった。

警護の者はずぶ濡《ぬ》れの昌親の頭からつま先までじろじろ見て、剣呑《けんのん》な目で口を開いた。

「何用か」

「祖父晴明に伝えなければならないことがあるのです」

警護の者は一度背後に視線をやって何やら頷《うなず》く。ひとひとりやっと通れる分だけ門扉が開いた。昌親がその隙間を素早《すばや》く通り抜けると、あっという間に閉じられて再び門がかけられた。

門の前に集まっていた警護の者たちが安堵の息をつくのを見て、昌親は察した。

彼らは昌親を警戒《けいかい》しているのではなく、何か恐《おそ》ろしいものが敷地《しきち》内に入り込むことをひどく恐れているのだ。

注意深く視線を動かした昌親は、宮全体を包むように張りめぐらされている結界《けっかい》がところどころたわんでいることに気がついた。

宮の敷地内にふたつの神気がある。天后のものと、もうひとつは桁違《けたちが》いに強い神気。闘将《とうしょう》の神気だ。

物の怪は昌浩の許《もと》にいて、勾陣は昌親の傍らに隠形している。六合は遥《はる》か西方の道反の聖域というところにいるという話だから、ここにいるのは青龍《せいりゅう》だ。

「こちらへ」

昌親を迎《むか》えたのは家令だった。随分顔色が悪く、足取りがおぼつかないように見える。

「晴明殿《どの》に急用とか。いったい何が…」

先を行きながらちらちらと振《ふ》り返る家令の不安げな面《おも》持ちに、昌親は言葉を選びながら口を開く。

「身内の…家族のことです。できるだけ早く祖父の耳に入れたほうがいいと…」

「ああ…お身内の」

家令は目に見えてほっとした顔をして、すぐさま表情を引き締《し》めた。

「晴明殿は、病に臥《ふ》された姫宮様についておられる。宮様が落ちつかれるまでは…」

ここから帰すことはできないと暗に告げられ、昌親は視線を落とす。母屋《おもや》につづく渡殿《わたどの》は降りこんだ雨に濡れてひやりと冷たい。

「……承知しております」

宮の奥に進むにしたがって空気が冷えていく。意思の力を削《そ》ぎ落とすような冷えだ。

昌親はぞっとした。神将たちや祖父がいてこれなのか。なら、彼らがいなければいったいどうなっていたことか。徒人《ただびと》と思《おぼ》しき家令がこの状態を正しく把握《はあく》できているわけではないだろうが、晴明を帰すことはできないという判断は、本能的に危機感を覚えているからに違《ちが》いない。

懐《ふところ》の手巾《しゅきん》から星の籠《かご》を数個取り出して、昌親は傍らにいるはずの勾陣にそっと呼びかけた。

「勾陣」

徒人の目には映らない程度の力で姿を現した勾陣に、星の籠を差し出す。

「これを」

昌親の意図を読んだ勾陣は無言で小さな星の籠を受け取り、すっと離《はな》れていった。

「こちらにどうぞ。晴明殿は、御帳台《みちょうだい》の前におられます」

廂《ひさし》に入る妻戸《つまど》を昌親に示すと、家令は一礼して下がっていった。離れていく家令は、時々高欄《こうらん》や柱に手をついて肩《かた》を大きく上下させていた。咳《せき》こそしていないが、具合がかなり悪いのだろう。たぶんここにいる者たちはみな似たような状態だろうと昌親は思った。

妻戸をあけると、廂と母屋を仕切る御簾《みす》の向こうに燈台《とうだい》の明かりが揺らめいているのが見えた。

母屋の中央に御帳台があり、その周りに幾つもの几帳《きちょう》が配されている。

御簾をくぐって母屋に入った昌親は、そっと運んでいた足を止めた。

祖父は、御帳台の帳《とばり》の合わせ目の前に、こちらに背を向けて座っていた。

「………」

その背を見て、昌親の心臓は急に早鐘《はやがね》を打ちはじめた。胸の奥がすっと冷たくなっていく。

夢中でここまで来たけれども、祖父に何をどう言えばいいのかをまったく考えていなかったことに、昌親は突然《とつぜん》気づいたのだ。

「……お…じいさ、ま…」

呼びかける声がうまく出てこない。喉《のど》の奥で何かに絡《から》まって、聞き苦しいことこの上ない。

どう言おう。太陰から聞いたこと、昌浩が語ったこと、嵬の告げたこと、この目で見たこと、そして自分がやったこと。

ちゃんと筋道立てて話そうと思っていた。話せると思っていた。なのに、いざ祖父の背を見たら、考えていたはずのすべてがどこかに行ってしまった。

どくどくという音が耳の奥に木霊《こだま》している。勝手に息が上がってきて、鼻の奥がつんとなって、目頭《めがしら》が熱い。唇《くちびる》がわななく。いま声を出そうとしたら言葉ではなく気息だけがこぼれる。

そこで自分が崩《くず》れてしまうだろうことが容易に想像できた。

でも、それでも、告げなければ。けれども。

――何と、言えば。

「……あ、の…」

振り絞《しぼ》るように発した昌親を、そのとき晴明がおもむろに顧《かえり》みた。

「……成親、か？」

「っ…」

静かな問いに、昌親は息が継《つ》げなくなった。見開いた目が激しく揺《ゆ》れるのを自覚する。

「ど…して…」

掠《かす》れ気味の呟《つぶや》きに、晴明は抑揚《よくよう》のない声で応《こた》える。

「黄泉《よみ》の岩戸が開いたと、鬼殿《どの》が言っておられた」

「……」

「黄泉の岩戸は現世《うつしよ》にはない。生きている者はたどり着けないところにある。唯一《ゆいいつ》そこに行けるのが、相当の霊力《れいりよく》と技量を持った陰陽師《おんみようじ》だ。……わしが知る限り、三人しかおらん」

「……」

淡々《たんたん》と紡《つむ》ぐ祖父の言葉を聞きながら、昌親はいつしか両手をきつく握《にぎ》り締《し》めていた。

「昌浩は、いまの状態では紅蓮《ぐれん》たちが絶対に行かせまい。お前は…」

晴明の視線を受けた昌親の鼓動《こどう》は、蹴《け》り上げられたように激しく跳《は》ねた。

「――いま、わしの前にいる」

ふつりと言葉を切った晴明は、ひどく疲《つか》れたようにうつむいた。

「そうか…岩戸を開いたか…」

それが何を意味しているのか、わからない晴明ではない。

「…成親…ばかものめ……」

「………」

昌親はついにこらえきれなくなって項垂《うなだ》れる。

「……ばかものめ……ばかもの……ばかもの……」

何度も何度も繰《く》り返す祖父の声はとても静かで。言葉とは裏腹に、染《し》み入るように優《やさ》しい。

昌親は晴明の様子をそっと窺《うかが》った。寂《さび》し気に目を細めている祖父は、涙《なみだ》を見せることはせず、
ばかものと繰り返すだけだ。

だが昌親には、祖父が泣いているように思えてならなかった。

◇　◇　◇

打ち寄せる波の音と、恐ろしくも美しい歌声が、暗闇《くらやみ》に木霊する。

整然と進んでいた列がなぜか乱れた。

被衣《かずき》の影《かげ》に囲まれて引き立てられるようによろよろと足を進めていた男は、ぼんやりと視線をめぐらせた。

ずっと体が重く、思考に霞《かすみ》がかかっている。

歩みを止めた被衣の者たちがざわついている。低い声で何かをささやき合っているのが聞こえる。しかし、耳に入ってくる言葉はそのまま素通《すどお》りして男の心には残らない。

「……」

いつまで経《た》っても進まない列に、男は少し苛立《いらだ》ち、僅《わず》かに訝《いぶか》った。

どうして急に止まったのか。この列は——に向かっている。急がないと、——にいる彼女に二度と会えなくなってしまう。

「………」

もう二度と会えないと思っていた彼女に、夢の中で会えたのだ。彼女は亡骸《なきがら》も残さずに消えてしまったので、徒人《ただびと》のように夢枕《ゆめまくら》に立ってくれることもきっとないだろうと諦《あきら》めていた。

それが、夢に現れた。暗闇の中に立って、ゆっくりと招くように手を振《ふ》っている姿を見たとき、驚《おどろ》きと喜びがないまぜになって、言葉にできない思いが胸の中を駆《か》けめぐった。

腕《うで》に抱《だ》いた彼女は驚くほど冷たかったが、それはきっと夢だったからだろう。声も、どこか遠いところから響《ひび》いていたけれど、それもおそらく夢だったから。

会いたかったと告げると、会いたかったと返ってきた。二度とどこにも行かないでくれと訴《うった》えると、二度とどこにも行かないと微笑《ほほえ》んだ。

このままずっと離したくないと言えば、このままずっと離したくないと甘い声でささやかれ、あの子も会いたがっていると告げると、あの子も会いたがっている、と悲し気にうつむく。

そのまま氷のように冷たい手に引かれて、気づけばこの、波打ち際《ぎわ》を進む列の中にいた。

彼女は言った。——でなら、親子三人で暮らせるのに、と。

誰《だれ》の目も届かず、誰の手も及《およ》ばない。——でなら、終わらないときを過ごすことができる。

「…はやく…——に…行かない…と…」

なのに、列は止まっている。彼女が待っているのに。

ざわめきが大きくなる。列が徐々《じょじょ》に崩れて、ひとつ、またひとつと影が列を離れていく。

吹《ふ》きつけてくる風が押し返されるように逆巻いて、被いた衣《ころも》を激しくまくり上げた。

被衣に隠《かく》れていた姿を見た男は、わけがわからないといった顔でぽかんと口を開けた。

前後左右を囲むようにしているものたちはみな、人ではなかった。強《し》いていうなら、いびつで、色の黒い、鬼《おに》のような形相。黒以外の色彩《しきさい》のない眼《まなこ》がぎろりと睨《にら》んでくる。

「…っ」

ひゅっと息を吸い込むと、凍《こお》れるような冷たい風で胸の奥が一気に冷えた。喉がひりついてむせる。

体を折り曲げて激しく咳《せ》きこみながら、混乱する頭で男は必死に思い出した。

この列は、どこに向かっているのか。彼女のいるところに向かっているはず。彼女が導いてくれて、だから自分はここに。それで、彼女のいる——に。

「……」

胸の奥が不自然に跳ねた。

夢の中で、彼女は何と言っていた？

光の欠片《かけら》となって消えた彼女がいるなら、それは生きている者たちの世界ではない。

かすかに響く歌声を聞きながら、彼女もまるで歌うように、自身のいるところを、そして男の行く先を、冷え冷えとした甘い声音《こわね》で紡いだ。

「……よみ…？」

ぽつりとした呟きが男の唇からこぼれる。

その瞬間《しゅんかん》周りを囲む鬼たちの様子が一変した。

鬼たちが身を翻《ひるがえ》して口々に怒号《どごう》する。はっきりと聞き取れない罵声《ばせい》があちこちから轟《とどろ》いて、男は身を縮こまらせた。

「……え…ここは…」

鬼たちが雄叫《おたけ》びを上げて走り出す。その隙間《すきま》を縫《ぬ》うように、手のひらほどの大きさの白いものが飛んできて、男の眼前で回転した。

男は目を瞠《みは》った。白い紙で作られた人形《ひとがた》。強い霊力が込められているのが感じられる。

宙を舞《ま》う人形が震《ふる》え、そこに二十代半ば程度の青年の姿が重なった。

気づいた鬼たちが踵《きびす》を返して人形に摑《つか》みかかる寸前、顔の前に刀印《とういん》を立てた青年が何かを唱えると、霊力が渦巻《うずま》いて爆発《ばくはつ》した。

とっさに手をかざして顔をかばった男の耳に、焦燥《しょうそう》をはらんだ声が滑《すべ》り込んでくる。

『嘘《うそ》だろう…!?』

男はそろそろと周囲を見回した。男の周囲に空間が広がっている。切れ間なくつづいていたはずの列が、そこだけ断《た》たれたのだ。

周りにいた無数の鬼たちは、先の術で吹き飛ばされたのか、跡形《あとかた》もない。少し離《はな》れたところにいる被衣の影たちは、警戒《けいかい》しながらじりじりと近づいてくる。

何が起こったのか理解できず茫然《ぼうぜん》と立ちすくんでいた男に、被衣の鬼たちを押しのけて走ってきた影が叫《さけ》んだ。

「あんた何やってんだ！　突《つ》っ立ってないで逃《に》げろ！」

「逃げる…？」

意味を摑みあぐねて首を傾《かし》げると、駆け寄ってきた男は突然《とつぜん》平手をお見舞《みま》いしてきた。

ばしっという音とともに衝撃《しょうげき》が頰《ほほ》を突き抜《ぬ》け、一瞬《いっしゅん》経ってからじんじんとした痛みが生じる。

「……え」

茫然と呟《つぶや》いた途《と》端《たん》胸《むな》ぐらを摑まれた。

「あんた、玉依姫《ひめ》の父親だろう。とっとと逃げないと黄泉《よみ》に連れていかれて終わるぞ」

そう言われて、男はようやく自分が何者であるのかを思い出した。

「…そうだ、私は…」

磯部《いそべの》守直は慌《あわ》てて視線を走らせる。

「姫は…玉依姫は……」

さっきまでずっと守直の手を引いていたはずの玉依姫が、どこにもいない。

「姫、姫、どこに…！」

色を失った守直は、先ほどとは反対の頰に衝撃を食らってぽかんと男を見返した。

「……な…」

「いい加減目を覚ませ。お前が見せられていたのは全部まやかしだ。お前の愛した女は、欠片ひとつも残さずに消えたじゃないか」

「……っ」

守直の唇《くちびる》がわなわなと震える。男の言うとおりだった。

人であることをやめた玉依姫は、息絶えたと同時に髪《かみ》ひとすじも残さず光となって消えた。

この腕にかかっていた重さが消えた瞬間を、いまも鮮《あざ》やかに思い出せるではないか。

「…でも…夢で…たしかに……」

絞《しぼ》り出すような訴えに、男は痛ましいと言いたげに眉根《まゆね》を寄せる。

守直は自分の両手を見下ろした。夢の中で確かにこの手に抱いた玉依姫は、——衣越《ご》しにもわかるくらいぞっとするほど冷たかった。

いま吹きつけてくる風と同じように、冷たかったのだ。

気づいた途端、全身が激しく震えだす。凍《こご》えるように寒い。歯の根が嚙《か》み合わずがちがちと音を立てて、抑《おさ》えようとしても止まらない。

「……貴《き》…殿《でん》…は…」

ようやく発した問いかけに、男はううんと唸《うな》って答えた。

「すごい陰陽師《おんみょうじ》、とでも」

「は…？」

「細かいことはいいから。そんなことより、当代の玉依姫はどこだ」

当代の玉依姫、が誰を指しているのかを思い出し、守直はひどく青ざめた。

「いっ…」

「名を呼ぶな！」

鋭《するど》く制されて守直はぐっと呑《の》み込む。すごい陰陽師と名乗った男は低く唸った。

「名はもっとも短い呪《しゅ》だ。黄泉に近いここで唱えたら、何が起こるかわからない」

そうつづける陰陽師は辺りに絶えず目を配り警戒している。彼の視線を追った守直は、黄泉の鬼たちが距離《きょり》を取ってこちらの様子を窺《うかが》っていることに気がついた。

守直と陰陽師は囲まれているのだ。

「あ…あの子は、まさかあの子も、ここに…⁉」

「ああ。俺は当代の姫を現世《うつしよ》に連れ帰るためにきたんだ」

包囲を狭《せば》めてくる黄泉の鬼たちをざっと一瞥《いちべつ》し、陰陽師は結印する。

「こんなところで足止めを食ってる暇《いとま》はない。いいか、あんた自分の身は自分で…」

守直にちらりと視線をくれた陰陽師――榎岦斎は目を剝《む》いた。

「なっ！」

黄泉の風にさらされつづけたからなのか、それとも正気に戻《もど》ったからなのか。

守直は、突如《とつじょ》として瞼《まぶた》を落としたかと思うとふっとのけぞった。そのまま人の姿が消えて、小さな白い蝶《ちょう》が木の葉のようにひらひらと落ちていく。

「たまむし…っ」

峇斎は慌てて白い蝶を両手で包み、呪を唱えて霊力《れいりょく》の糸でくるんだ。守直の白い繭《まゆ》は、脩子と間違《まちが》えないように当帯《あておび》の結び目に括《くく》りつける。

「っ！」

横合いから妖気《ようき》が迫《せま》ってくるのを察知して飛び退《すさ》った峇斎は、突進《とっしん》してきた鬼《おに》たちを袂《たもと》で捌《さば》いて刀印を掲《かか》げた。

「裂破《れっぱ》！」

術を食らった鬼が黒い灰と化して弾《はじ》け散る。夢と現《うつつ》の狭間《はざま》であるここでは、鬼たちは存外もろく、霊術《れいじゅつ》を受けると形を保っていられないようだ。

しかし、多勢に無勢である。こちらはひとり、対して葬列《そうれつ》を成す鬼たちは数えきれない。霊力が尽《つ》きる前に玉依姫を見つけて黄泉の鬼たちから逃《のが》れないと、峇斎も危《あや》うい。急がなければならなかった。

ここに来るまでの間に玉依姫はいなかった。葬列のもっと前方、ここより更《さら》に黄泉に近いところにいるに違《ちが》いない。

そしてそこは、ここよりずっと黄泉の陰気《いんき》に満ちているはずだ。

峇斎の額にじっとりと冷たい汗《あせ》がにじむ。ここでも相当陰気が強く、呼吸するだけで霊力が削《そ》がれていく。冥官《めいかん》から与《あた》えられた防衣を着ていなかったらどうなっていたことか。

霊力が尽きたらどうなるのかを考えそうになって、岦斎は慌ててそれを振《ふ》り払《はら》った。思うと成る。考えてはだめだ。大丈夫《だいじょうぶ》。最悪の事態にならないために冥府《めいふ》の衣《ころも》をまとっているのだ。

玉依姫がいるだろう列の前方に向かって岦斎は走り出した。

行く手を阻《はば》む被衣《かずき》の鬼たちめがけて刀印を振り下ろす。

「砕破《さいは》！」

数体まとめて黒い灰と化したのを見て、やや怯《ひる》んだ鬼たちの動きが鈍《にぶ》った。その隙《すき》に岦斎は囲みを抜ける。

波打ち際《ぎわ》に沿ってつづく葬列。岦斎を阻もうとする鬼たちが群れを成して押し寄せてくる。その遥《はる》か先に、足を速めて進む一団が在る。不自然に固まって、まるで何かを隠《かく》しているかのようだ。

攻撃《こうげき》の手をかいくぐりながら目を凝《こ》らすと、その一団を囲むように黒い霞《かすみ》のようなものが舞い上がって飛び回るのが見えた。

黒蟲《くろむし》だ。しかしそれは蜂《はち》の見た目ではなく、短くちぎれた糸のような姿をしていた。何もかもを覆《おお》い尽くす漆黒《しっこく》の夜闇《やみ》をそのまま切り取ったような色で、ひとの指程度の長さの細い体をくねらせながら、黒い靄《もや》に似たものを辺り一面に撒《ま》き散らして飛び交《か》っている。

飛び交う黒蟲たちは、黄泉の風よりさらに濃《こ》い黒い靄のような陰気を放っていた。

「…いや」

岦斎は剣呑《けんのん》な目で唸った。

陰気というより、あれは。

「…呪《のろ》い、か…!」

呪い。災《わざわい》を成し、禍《わざわい》を呼び、殃《わざわい》を生む、もっとも忌《い》むべき悪《あ》しき言霊《ことだま》。

岦斎の背を戦慄《せんりつ》が駆《か》け降りた。次々に生まれて飛び交っているあの黒蟲たちの放つ陰気は、人界にいたそれらの比ではないほどの禍々《まがまが》しさに満ちている。

あれを生み出しているのは、まさか。

思い当たった岦斎の胸の奥がすうっと冷えた。

巫女《みこ》神としての天照大御神をその身に降ろせるのは、天御中主神《あめのみなかぬしのかみ》に選ばれた玉依姫のみ。その祈《いの》りは国之常立神の神気を国中にめぐらせる。

それほどの強く純粋《じゅんすい》な祈りの力を、もし逆にしたら。

その祈りは神に届き、神の力を日本《ひのもと》のすみずみにまで行き渡《わた》らせる。

その祈りを呪いにすり替《か》えたらどうなる。祈りではなく呪いを神に向けたら。

「……冗談《じょうだん》じゃ、ないぞ」

岦斎は色を失った。戦慄を禁じ得ない。黄泉の鬼たちが玉依姫の魂《たましい》を奪《うば》ったのは、神を呪わせるためだったのか。

葬列の先頭を覆うように黒蟲の群れが広がっていく。次々に生じる蟲の羽音が風に乗ってここまで響《ひび》いてくる。

ここは夢殿《ゆめどの》だ。死者も妖《あやかし》も神も住む。それらすべてにつながる夢の世界。

このままだとあの禍々しい黒蟲は夢を通して人々の心に入り込み蝕《むしば》んでいく。

「なんとかして止めないと…」

羽音に紛《まぎ》れた弱々しい声が岦斎の耳朶《じだ》を掠《かす》めたのは、そのときだった。

「………………や…」

横合いから襲《おそ》ってきた鬼を払いのけながら、岦斎は真言を唱えつつ意識を葬列に飛ばす。

「ナウマクサンマンダバサラダン、センダマカロシャダソワタヤウン、タラタカン、マン！」

周囲を取り囲む黄泉《よみ》の鬼たちを不動明王《ふどうみょうおう》の火炎《かえん》が一掃《いっそう》する。ざっと音を立てて黒灰が辺りに散らばった。いつの間にか足元に迫っていた波がそれをさらっていく。

水面《みなも》をなめるように広がった炎《ほのお》が赤々と燃え上がり、葬列のすぐ後ろまで届いた。

すると、黒蟲の大群がわっと炎に覆いかぶさり、火を食い破りながら崩《くず》れていく。

重い羽音を立てて炎を食い尽くした黒蟲の残党が、そのまま岦斎めがけて突進してきた。

岦斎は手近にいた鬼の首を摑《つか》んで引き倒《たお》すと、その勢いのまま黒蟲に投げつけた。群れがわっと四散した隙に葬列の最後尾《さいこうび》に滑《すべ》り込む。

「オン、アジャラダ、センダ、サハタヤ、ウン！」

片膝《かたひざ》立ちで不動明王槍印《やりいん》を結び大きく叫《さけ》ぶと、巨大《きょだい》な槍に突《つ》かれたように葬列の鬼たちが左右に撥《は》ね飛ばされ転がった。

黒蟲たちも吹《ふ》き飛ばされて視界が開ける。

岦斎は激しく肩《かた》を上下させながら立ち上がった。

遥か前方に、袚衣の鬼に手を掴まれた小柄《こがら》な少女の後ろ姿があった。

鬼は少女の手を無造作に引き、前方に広がる黒い波に入っていく。よろよろと引きずられていく少女は抗《あらが》っているのか、嫌々《いやいや》と首を振って身をよじる。

彼女の足元に湧《わ》いてきた大きな泡《あわ》が弾ける。飛沫《しぶき》がかかるたびに少女の動きが鈍くなる。

絶え間なく生じる大きな泡の下、深い水の底に巨大な磐《いわ》が見えることに気づいて、岦斎ははっと息を呑んだ。

少し開いた岩戸。あれは黄泉の入り口だ。この水が夢殿と黄泉との境。

絶えず生じる大きな泡は黄泉の風だ。それを受ける玉依姫《ひめ》の霊力がどんどん削ぎ落とされていく。黄泉の鬼が波間に沈《しず》み、少女は腰《こし》まで水に浸《つ》かっている。

「待て！」

岦斎は必死で駆けるが、態勢を立て直した鬼たちが次々にのばしてくる爪《つめ》に邪魔《じゃま》をされて思うように進めない。

「玉依姫！」

手をのばしてたまらず叫んだ瞬間《しゅんかん》、狩衣《かりぎぬ》の当帯《あておび》から、繭を破った白い蝶が飛び出した。

「……っ」

岦斎は声もなく目を瞠《みは》った。魂蟲《たまむし》とは、霊体《れいたい》に守られていない、いわば剝き出しの魂だ。それが、息をするだけで凍《こご》えそうな、濃密《のうみつ》な陰気に満ち満ちたこの場で、果たして何を。

その刹那《せつな》、岦斎の脳裏《のうり》に怒号《どごう》にも似た声が響いた。

──私の娘《むすめ》を放せ……！

魂蟲の、磯部守直の叫びだと悟《さと》ると同時に、岦斎は息を止めた。

玉依姫のか細い手を摑む鬼の指に、白い魂蟲が文字通り食《く》らいついたのだ。

そのとき岦斎の目に、いまにも倒れそうに弱っている磯部守直が、斎から黄泉の鬼を引き剝《は》がそうと死に物狂《ものぐる》いになっている様がはっきりと見えた。

鬼の指に火花にも似た閃光《せんこう》がまといつき、ばちっと弾《はじ》ける。霊力《れいりょく》だった。守直が、魂に残っていた僅《わず》かな霊力のすべてを叩《たた》きつけたのだ。

半分崩れた鬼の手が波間に消え、解放された玉依姫が反動でのけぞった。

衝撃《しょうげき》で弾き飛ばされた魂蟲を、駆け寄った岦斎がなんとか受けとめる。翅《はね》がずたずたに裂《さ》けた魂蟲は、断末魔《だんまつま》のように小さく震《ふる》えていた。

波に倒れかけた玉依姫の腕《うで》を摑んで抱《かか》えた岦斎は、波打ち際に移動した。妖気が群がってくる。間一髪《かんいっぱつ》で障壁《しょうへき》を築いた。群がってきた黄泉の鬼たちは毬《まり》のように撥ね飛ばされた。

「……」

危ないところだったと、岦斎は胸《むね》を撫《な》で下ろす。

「それにしても…」

手のひらで震えている魂蟲を見て、岦斎は内心で感嘆《かんたん》した。

まさか霊の繭《まゆ》が破られるとは。当代の玉依姫の父親とはいえ、守直によくそんな力が。

「…そうか」

守直が元々伊勢《いせ》斎宮寮《さいぐうりょう》の官吏《かんり》だということを思い出し、得心がいった。それに、磯部氏は代々伊勢の神宮《じんぐう》に仕える血筋。守直は確か直系だったはず。ならば、岦斎の術を解けるだけの力と技術があっても不思議はない。

不思議はないが、陰気《いんき》に満ちたこの夢殿の最果てで、よくそれだけの力が残っていたものだ。

そう考えて、岦斎は頭《かぶり》をふった。力が残っていたのではない。

比喩《ひゆ》ではなく、全霊《ぜんれい》を振り絞《しぼ》って霊の繭を破り、魂を形作るための最後の力まで使い果たして娘を取り戻《もど》したのだ。

このままでは、翅はすべて崩れ落ち、蝶《ちょう》の形を保つこともできなくなる。剝《む》き出しの魂がこの濃密な陰気に触《ふ》れたらあっという間に生気を削《そ》がれ尽《つ》くしてしまう。

そして、生気が枯《か》れ切ってしまったら、守直の魂はここで消える。転生の輪に向かうこともなく散り散りになって、そのまま黄泉に沈んでいくに違《ちが》いない。

水辺に茫然《ぼうぜん》と座り込んでいた玉依姫は、岦斎の手のひらの白い蝶がぼろぼろの翅を小さく開閉させるのを見て、ふいに夢から覚めたように目をしばたたかせた。

蝶の姿をしたそれに、息も絶え絶えになった守直の姿が一瞬《いっしゅん》重なって消えた。

斎は目を見開いた。信じられないと言わんばかりの面持《おもも》ちで、血の気のない唇《くちびる》からかすれた呟《つぶや》きを発する。

「……と…さま…？」

四枚ある翅のうちの一枚がぼろっと崩れ落ちた。魂蟲の放つ光はもう消えかかっている。

「とう…さま…、とうさま…とうさま…っ…」

引き攣《つ》れたような声で何度も呼びかける斎は色を失っている。

「とうさま、父様！　どうしてこんな…っ」

蝶を見つめる目からついに大粒《おおつぶ》の涙《なみだ》があふれた。魂蟲にのばした手を、斎は触れる寸前で引いた。不用意に触《さわ》ったら崩れてしまうかもしれないと思い至ったのだ。

彼女の懸念《けねん》は正しかった。それほどに守直の魂は弱り果てていた。

「ああ、父様…どうしたら…」

狼狽《ろうばい》していた斎は、はっとして辺りを見回した。

「かあさま、母様はどこ⁉　ずっと一緒《いっしょ》にいたの。まさか、母様も…っ」

取り乱す斎を岦斎が懸命《けんめい》になだめる。

「落ちつけ！　まず、この魂蟲…蝶は、まだなんとかなる、大丈夫《だいじょうぶ》だ」

言い聞かせながら魂蟲を再び霊の繭でくるみ、斎の手にそっと握《にぎ》らせる。

「しっかり持て。決して離《はな》すなよ」

震えながら頷《うなず》いた斎は、絶対落とさないように白い繭を襟《えり》の合わせ目の奥にしまい込む。

霊の繭はほんのりとあたたかく、呼吸するような脈打つ波動を弱々しく放っていた。

それは父の呼吸で、海津見宮にあるはずの宿体の鼓動《こどう》そのものだと、斎は直感した。この脈動を感じられなくなったとき、父は死に呑《の》みこまれる。一刻も早く魂《たましい》を宿体に戻さなければ。

そこに至ってようやく斎は辺り一面に濃密な陰気が漂《ただよ》っていることに気づき、愕然《がくぜん》と呟いた。

「……ここは…なに…？」

斎たちは円柱の形をした障壁に包まれている。目を凝《こ》らして見れば、暗闇《くらやみ》の中に数えきれないほどたくさんのおぞましい魔物《まもの》がいて、爛々《らんらん》と光る眼《まなこ》でこちらを凝視《ぎょうし》しているではないか。

悚然《しょうぜん》として身がすくむ。呼吸がうまくできなくて胸が苦しい。

気づけば斎は小さく震えていた。

「…陰《いん》…妖気《ようき》…、……黄泉の…風…」

気息まじりの呟きが唇からこぼれて、斎は自分の言葉に戦慄《せんりつ》した。

そうだ、これは黄泉の風。恐《おそ》ろしいほどの黄泉の陰気に満ち満ちたここは、海津島の地下深くでもなければ、人界ですらない。

夢と現《うつつ》の狭間《はざま》。死と隣《とな》り合わせの、境界の水辺。

斎は、震える両手を見つめた。これまでずっと霞《かすみ》がかかっていた記憶《きおく》が徐々《じょじょ》に甦《よみがえ》ってくる。

斎はあのとき異変を察知して益荒とともに三柱鳥居の中に飛び、地御柱の場に降りたのだ。清涼《せいりょう》さの完全に消え失《う》せた場。高くそびえる地御柱はすっかり気枯れ、おびただしい数の黒《くろ》蟲《むし》に覆《おお》い尽くされていた。

その場に満ちた濃密な陰気に呑まれてひどい目眩《めまい》に襲われたのを思い出す。飛び交《か》う黒蟲の、心を逆撫《さかな》でするような、意識を惑乱《わくらん》させるような羽音が耳に甦り、知らずに息が詰《つ》まった。

「……かあさま…が…」

記憶を手繰《たぐ》るうちにだんだん苦しくなって、斎は顔を覆った。

会いたくて会いたくてたまらなかった母が、先代の玉依姫が、地御柱の陰《かげ》から姿を現した。

その姿を見た瞬間、斎は何も考えられなくなった。足が勝手に動いて、いつの間にか駆《か》け出していた。

益荒が叫《さけ》んでいたのに。益荒が必死で自分を止めようとしてくれていたのに。

生きているはずのない母の姿に理性の箍《たが》がどこかへ吹《ふ》き飛び、黒い衣《ころも》と黒蟲の羽音に包まれて、繰《く》り返される甘く冷たい声に心を明け渡《わた》してしまった。

そのあとは朧《おぼろ》げだ。課せられた役目を棄《す》てて、ひどく寒い暗闇の中を歩いていた気がする。

冷たい声に命じられるまま呪《のろ》いを放ったことは、かろうじて覚えていた。

自分のしたことが恐ろしくてならない。罪の重さに手足が冷え切って震えが止まらない。

「…………っ……」

涙が止まらなかった。どうやって償《つぐな》えばいいのか。何をもって贖《あがな》おう。

もはや、この身も心も神に還《かえ》すしか――。

「――」

覚悟《かくご》を決めて顔をあげた瞬間、衣擦《きぬず》れが聞こえた。ふわりとした風が頬《ほほ》を撫でて、仄《ほの》かにあたたかい衣に包み込まれる。

何が起こったのか咄嗟《とっさ》に理解が追いつかず放心した斎の両頬を、大きな手が包んでぐいっと上向かせる。

「大丈夫だ」

自信満々に言い切る面差《おもざ》しに、見覚えがあった。

「……おん…みょう…じ…」

呆然《ぼうぜん》と呟いた斎に、男はからりと笑った。

「正解」

◇　◇　◇

8

寅《とら》の刻も終わりに差しかかる頃《ころ》。

赤い雷《いかずち》が黒雲を切り裂《さ》き重い雷鳴《らいめい》の轟《とどろ》く豪雨《ごうう》の中、昌浩たちを包む神気の渦《うず》は空を翔《か》け、伊勢の海を越《こ》えて海津島に降り立った。

島の東側にある崖《がけ》だ。ここから道なりに進むと、斎が生活する海津見宮の東の棟《むね》につながっている。

昌浩は険しい面持ちで辺りを見回した。都周辺や菅生の郷《さと》と同じように、海津島の木々もところどころ変色し枯れはじめていた。

通常、海津見宮の地下にある祭殿《さいでん》の間で玉依姫《ひめ》が祈《いの》りを捧《ささ》げる海津島は、神威《しんい》に包まれ守られているのだ。だがいま、それがまったく感じられなくなっている。

「こっちだ」

一同を先導する益荒につづこうとした昌浩は、ふと何かを感じて足を止めた。

「……なんだ?」

奇妙《きみょう》な感覚が漂っていた。木々が焼け焦《こ》げたようなにおいと、足元にまといついてくるねっとりとした感触《かんしょく》。それに、音だ。鈍《にぶ》く、重く、幾《いく》つも重なるような。

昌浩の肩《かた》にのっている物の怪が剣呑《けんのん》に唸《うな》る。

「……羽音」

益荒のすぐ後ろにいた太陰が、はっと目を瞠《みは》ると同時に神使の腕《うで》を摑《つか》んで地を蹴《け》る。

その瞬間《しゅんかん》、半分枯《か》れた茂《しげ》みの葉を突《つ》き破り、黒蟲の大群がわっと躍《おど》り出た。

昌浩は息を呑んだ。この黒蟲たちが島の神威を食い尽《つ》くしたのか。

「な…っ！」

絶句する益荒を摑んだまま天高く飛翔《ひしょう》する太陰を黒蟲の群れが追う。叩《たた》きつけてくる激しい雨に押し返されて、太陰たちを包む風の速度が落ちる。

「太陰！　益荒！」

昌浩が叫んで印を結ぶと、その手を物の怪の前足が下ろさせた。

「もっくん？」

「いいからお前は力を使うな」

「でも…」

反論しかけた昌浩をひと睨《にら》みで黙《だま》らせて、物の怪は長い尻尾《しっぽ》をぴしりと振《ふ》る。

白い体にまつわりつくように生じている燐光《りんこう》が数を増し、渦巻《うずま》いてぐわりとのびあがった。

昌浩は目を見開いた。十二神将騰蛇の放つ炎《ほのお》の神気が放たれて、赤い蛇のようにうねりながらのびていく様によく似ている。しかし、発される光の強さが格段に違う。まぶしくて目を開けていられないほどの激しい輝《かがや》きがぶつかりあって巨大《きょだい》な火花に変わる。

物の怪の放った灼熱《しゃくねつ》の閃光《せんこう》が黒蟲の群れに突き刺《さ》さり、鈍い羽音が瞬時《しゅんじ》に途絶《とだ》えた。

黒い塊《かたまり》が白い火花に包まれたかと思うと、ぱっと散り散りになった。何もかもが燃え尽きて、灰すらも残さない。

「すごい…」

感心しながら昌浩が呟《つぶや》くと、物の怪は不機嫌《ふきげん》そうに目をすがめた。まといつく燐光がうっとうしいのか、体をぶるぶる震《ふる》わせる。

一方、黒雲に近いところまで上昇《じょうしょう》していた太陰は、放心したような顔で物の怪を見下ろしていた。

「神将、離《はな》してくれ」

腕を太陰に摑まれたまま吊《つ》り下げられた形の益荒が訴《うった》えても、太陰には聞こえていない様子だ。瞬《まばた》きひとつせずに物の怪を見下ろして、しきりに唇《くちびる》を動かしている。

振り払《はら》うのもためらわれて身動きのできない益荒の耳に、半ば啞然《あぜん》とした呟きが降ってきた。

「…なに…あれ……うそ…とうだ…こわすぎる……」

益荒は眉根《まゆね》を寄せた。神将は確かに、こわすぎる、と言った。強すぎる、ならいざしらず、こわすぎる、とは。同胞《どうほう》に対する言葉にしては、少々問題ではないだろうか。

「たいいーん、もう大丈夫《だいじょうぶ》みたいだよー」

昌浩が叫んで手を振るのを見た太陰は、そこでようやく我に返った。自分と益荒を風で包んで雨を払い、そのままそろそろと降下する。

ふいに、赤い雷光《らいこう》が太陰と益荒のすぐ近くを駆け抜《ぬ》けた。まるで雷撃《らいげき》が太陰の風を裂こうとしているかのように。

「これは…」

雷の中に禍々《まがまが》しいものがあるのを感じ、益荒は眉根を寄せた。

これとよく似たものに覚えがある。地御柱の場で、黒蟲とともに現れた玉依姫の姿をしたものが放っていたのと酷似《こくじ》した気配だ。

昌浩たちのいる着地点まで相当距離《きょり》がある。気づけば島が一望できるほど高いところまで上がっていたのだ。

もう夜が明けている時刻だが、厚い雲の下は夜のように暗い。豪雨で視界が煙《けむ》る中、海津見宮に視線を走らせた益荒は、空から見下ろした宮の東の棟の屋根に大きな破損を認めて顔色を変えた。

「神将、宮へ!」

指さされたほうへ視線を走らせた太陰は瞠目《どうもく》し、海津見宮へ即座《そくざ》に進路を変える。

益荒の声を聞いた昌浩と物の怪も、身を翻《ひるがえ》して宮へ走り出す。

風をまとった太陰と益荒が宮の庭に降り立つと、立ち枯れた木々が揺《ゆ》れて葉が舞《ま》った。

「斎様！」

簀子《すのこ》に駆《か》け上がり御簾《みす》を撥《は》ねのけて屋内に急ぐ神使を見た太陰は、後につづくか、まだ追いついてこない昌浩たちを待つべきか逡巡《しゅんじゅん》した。

「斎様、斎様！　斎様…！」

益荒の声がどんどん遠ざかっていく。

右往左往していた太陰は、木々の隙間《すきま》をすり抜けるように出てきた昌浩を見てほっとした。

「昌浩、ここの屋根が壊《こわ》れてるのよ。それを見て益荒が奥に」

斎を呼ぶ益荒の叫《さけ》びが宮の奥からかすかに響《ひび》いてくる。

「俺が先に行く。お前たち、あとからついてこい」

険しい顔で耳をそよがせた物の怪が昌浩の肩から簀子に飛び降りて、警戒《けいかい》しながら屋内に足を踏《ふ》み入れた。

「うわ……」

昌浩の額に冷や汗《あせ》がにじんだ。

外からも多少見えていたが、東の棟の破損は凄《すさ》まじかった。まるで大きな槌《つち》か何かで叩き壊されたかのようだ。屋根に大きな穴が開いていて、あちこちが崩《くず》れ、折れた梁《はり》や柱などが吹《ふ》き飛び、床《ゆか》は傷だらけ。調度類は倒《たお》れ、ひどいものはばらばらになっている。

ここに来るまでに聞いた益荒の話では、東の棟は斎や守直が生活をしている私的な空間だということだった。

東の棟に斎や阿曇《あずみ》の姿がないため、益荒は宮の奥に向かったのだろう。玉依姫のために神から使わされた神使ならば当然の行動だ。

それはそれとして、確か守直も、宿体から魂《たましい》が抜けて目覚めないままのはずなのだ。目覚めていないなら横になっているだろう。横になっているならおそらく東の棟のどこかであるはず。もし屋根の崩落《ほうらく》に巻き込まれていたら命が危《あや》うい。

物の怪を先頭に進んでいた昌浩は、後ろを守ってくれている太陰を顧《かえり》みた。

「太陰。俺ともっくんは益荒のところに行くから、守直殿《どの》の宿体を捜《さが》してくれ」

「わかったわ」

太陰と別れた昌浩たちは、宮内の様子を窺《うかが》いながら奥へ急いだ。宮のあちこちに、ここに仕える神職たちが倒れていた。中には見覚えのある顔もあった。みな息はあるが、生気のない面《おも》差《ざ》しでぴくりとも動かない。

「……魂が、抜けてる」

緊迫《きんぱく》した面《おも》持ちで呟いた昌浩の耳に、うめくような声が聞こえたのはそのときだった。

「…、寄るな…っ」

昌浩と物の怪ははっと息を呑《の》んだ。誰《だれ》かがいる。西の棟《むね》だ。

益荒は最北の、岩戸に向けられた祭壇《さいだん》がある室《へや》にまっすぐ向かったようだ。岩戸の奥は、祭殿の間におりる階《きざはし》になっている。

あとを追うべきか否《いな》か、昌浩は一瞬逡巡《いっしゅん》した。が、すぐさま向きを変える。

西の棟には度会氏の神職たちが起居する私的な局《つぼね》や室があるのだ。先ほどの声はそちらのほうから聞こえた。

警戒しながら進むうちに、あの不気味な羽音が響きはじめ、濃密《のうみつ》な陰気《いんき》が渦巻いて足に絡《から》みつくようになった。どこかに黒蟲《くろむし》の群れがいる。

昌浩の肩にのった物の怪の目が険しさを増した。局を仕切る几帳《きちよう》が不自然にはためいて、無数の小さな黒い粒《つぶ》が見え隠《かく》れする。

「祓《はら》い給《たま》え清め給え…っ」

苦し気な声がして、黒蟲たちが弾《はじ》かれる。衝撃《しょうげき》で几帳が倒れ、裂《さ》けた帳《とばり》がはらはらと舞う。

昌浩は目を瞠った。

「度会禎壬《さだとう》…」

几帳の向こうにいたのは、見るも無残なほどぼろぼろになった大袿《おおうちぎ》を摑んだ度会禎壬だった。

彼は海津見宮を統括《とうかつ》する神官で、度会氏の長《おさ》だ。以前は斎や守直のことを快く思っていなかったが、果たしていまはどうなのだろう。

「昌浩、見ろ」

物の怪の声に昌浩ははっとした。周囲を飛び交《か》う黒蟲たちが禎壬に向かっていく。

「祓い給え…！」

禎壬は桂を振《ふ》って黒蟲たちを払いのける。黒蟲がその隙間をかいくぐって後方に進攻《しんこう》しようとするのを、絶えず神咒《かじり》を唱える禎壬の霊力《れいりょく》がぎりぎりのところで回避《かいひ》しているのだ。

何かをかばっているようだった。

黒蟲たちの隙間に目を凝《こ》らした昌浩は、禎壬の後方に何十羽《わ》もの魂蟲《たまむし》が寄り添《そ》って震えていることに気がついた。禎壬は彼らを守るために孤軍奮闘《こぐんふんとう》していたのだ。

しかし、これほどの陰気に囲まれてしまえば、霊力も体力もそう長くはもたない。

青ざめた禎壬が桂を振る。その手に黒蟲の塊がまといついた。

「祓い…っ！」

禎壬の叫びがかすれ、老軀《ろうく》の膝《ひざ》が折れてがくっと沈《しず》んだ。瞬く間に霊力を喰《く》われて意識が飛んだのだ。

「オン！」

昌浩が印を組むと同時に物の怪が跳躍《ちょうやく》した。

新たな敵の出現に黒蟲が二手に分かれ、一方が昌浩に突進《とっしん》してくる。

「オンアジャラダセンダ、サハタヤウン！」

真言の詠唱《えいしょう》に勾玉《まがたま》の神気が呼応し、具現化した不動明王の炎《ほのお》が黒蟲たちを呑み込んで瞬時に焼き尽《つ》くす。炎は陰気を相殺《そうさい》し、冷え冷えとしていた室に熱をもたらした。

禎壬に群がった黒蟲たちを、炸裂《さくれつ》した物の怪の神気が撥ね飛ばす。白い燐光《りんこう》が火花を散らし、凄まじい陽気に触《ふ》れた蟲たちは音もなく消えた。

一か所に集まっていた魂蟲たちは、怯《おび》えるように翅《はね》を震《ふる》わせている。開閉される翅に浮《う》き出る人の顔の模様。物の怪は、その中の幾《いく》つかに見覚えがあった。記憶《きおく》が間違《まちが》っていなければ、度会氏の重則《しげのり》や潮彌《しおみ》だ。

「ここにいるので全員か…？」

眉根《まゆね》を寄せる物の怪の一方で、昌浩は禎壬を仰向《あおむ》けにして大きく呼びかけていた。

「禎壬殿《どの》、禎壬殿！　しっかり！」

青ざめた禎壬の瞼《まぶた》は力なく閉じられて、こけた頬《ほほ》は幽鬼《ゆうき》を連想させる。そういえば益荒が、宮の者たちが不調を訴《うった》えていると言っていた。その中に禎壬も含《ふく》まれていたのだろう。

「昌浩、ちょっとどけ」

「もっくん？」

昌浩が場所を譲《ゆず》ると、物の怪は緊張《きんちょう》した面持ちで禎壬を見つめる。その体から白い燐光がふわふわと立ち昇《のぼ》り、禎壬にまとわりついて火花と化す。ぱちぱちと小さな音を立てたそれが吸い込まれていくと、禎壬の頬にすっと赤みがさす。やがて老人は大きく息を吸い込んでのろのろと瞼を上げ、訝《いぶか》し気に視線を彷徨《さまよ》わせた。

「……安倍……の……」

呟《つぶや》く禎壬に頷《うなず》いた昌浩は、辺りを見回しながら口を開いた。

「いったい何が……」

問われた老人は苦し気に顔を歪《ゆが》め、うめくようにぽつぽつと語る。

「…赤い雷《いかずち》が…厳霊《いかづち》が…降りて…斎の体を乗っ取った…」

低く唸《うな》る禎壬は、この上もなく悔《くや》しそうな様子で唇《くちびる》を噛《か》む。

「乗っ取った？　斎を？」

瞠目《どうもく》して繰《く》り返した昌浩に、物の怪が耳をそよがせる。

「その斎…厳霊《いかづち》か、そいつはどうした」

禎壬の目に苦いものがにじんだのを昌浩は見た。

「……祭殿《さいでん》の間に降りたのだと、思う」

不調で横臥《おうが》していた禎壬は、落雷《らくらい》の衝撃で気を失っていた。目が覚めるまでどの程度の時間が経過したのか定《さだ》かではないが、さほど長くはなかったのではないかと禎壬は思っている。

重い体を引きずるようにしながら東の棟の様子を窺《うかが》いに行こうとしたとき、あちこちから白い蝶《ちょう》が集まってきたのだ。そして、それを追って黒蟲の群れが出現した。

あの赤い雷は、海津島を守っていた神威《しんい》を吹き飛ばした。落雷とともに降りてきた厳霊が空っぽだった斎の宿体を乗っ取って、宮の最北にある祭壇の間の岩戸を開いたのだろう。

昌浩は慄然《りつぜん》とした。地御柱の神気を枯《か》らした黒蟲たちがあの石段を登ってきたのか。

「待てよ、いま益荒が奥に…」

はっとした昌浩は身を翻《ひるがえ》して駆《か》け出した。

「あっ、こら！」

目を吊《つ》り上げた物の怪は昌浩のあとを追おうとして、一瞬躊躇《ちゅうちょ》した。生気を補ったとはいえ、不調で横臥していたという老人だ。このまま置き去りにしておくわけにはいかない。

ふいに、風が吹《ふ》いて物の怪の頬を打った。神気の風をまとって宙に浮いた太陰が、正体のない守直を肩《かた》に担《かつ》いでひょいと姿を見せる。

「昌浩、守直が見つかっ…ひっ」

思いもよらず物の怪と目が合った太陰は息を呑んで後退《あとずさ》る。硬直《こうちょく》している同胞《どうほう》の様子を気にも留めず、物の怪はその横をすり抜《ぬ》けながら言った。

「そいつらは任せた！」

「え？」

太陰は、駆け抜ける物の怪の尻尾《しっぽ》の先が横たわった禎壬とたくさんの魂蟲たちを示しているのを見て取ったが、状況《じょうきょう》がまったく摑《つか》めず狼狽《うろた》える。

「え？　え？　なに？　ええと、ここにいて守ったらいいの？」

視線を向けると、太陰が担いだ守直を不機嫌《ふきげん》そうに睨《ね》めつける禎壬の渋面《じゅうめん》があった。老人は不承不承といった体《てい》で、その辺に降ろせと言わんばかりに顎《あご》をしゃくる。人間ふたりと魂蟲たちを囲む風の渦《うず》を起こした太陰は、辺りに軻遇突智の神気が漂《ただよ》っていることに気がついた。これのおかげでこの室はほかの場所よりずっとあたたかいのだ。

「あんた、度会禎壬。相変わらず磯部守直と斎と、仲悪いの？」

傍《かたわ》らに降り立った神将に忌憚《きたん》のない言葉で切り込まれた老人は、渋面のしわを一層深くした。

「……玉依姫《ひめ》と、その父親に対する最低限の礼は、尽くしている」

太陰は目をすがめた。

「あんたたちの気持ちもわからなくはないけど…。最低限じゃなくて、できるだけ大事にしてあげなさいよ。あんたたちがそんなふうに思ってると、斎はこれからもずっと寂《さび》しいままだわ。……たぶん、そういうところに黄泉《よみ》の奴《やつ》らはつけこんでくるのよ」

「――――」

痛いところを衝《つ》かれたのか、禎壬は唇を噛んで押し黙《だま》る。

「わたしも騰蛇が怖《こわ》いから、あんまりひとのこと言えないけど……」

ぼそりと呟いた太陰の耳が、再びいずこかから響《ひび》きはじめた不気味な羽音を捉《とら》える。

やれやれと息をつき、太陰は身構えた。

海津見宮の北の棟《むね》、一番奥にある祭壇《さいだん》の間は、陰気《いんき》も神気も感じられない空虚《くうきょ》な場となっていた。

西の棟から移動した昌浩は、開ききった岩戸の前にくずおれている阿曇を発見した。

急いで駆け寄り揺《ゆ》さぶるが、僅《わず》かな反応もない。紙のように白い肌《はだ》は作りものめいている。生気が完全に枯渇《こかつ》していた。このまま目覚めることなく消えてしまいそうにも思える。

「こいつの神気で開いたのか」

険しい目で物の怪が唸《うな》る。

この祭壇の間にある岩戸を開閉させるには神気が必要なのだ。玉依姫が不在で神の気を降ろせる者がいないいま、阿曇だけが岩戸を開ける存在だったはずだ。

益荒の神気がかすかに軌跡《きせき》を残している。迷うことなく祭壇に上がり、岩戸の奥の石段を降りていた。すぐそばでくずおれていた阿曇に気づいたはずだが、同胞の具合を案じるより玉依姫の身の安否を優先して捨て置いたに違《ちが》いない。おそらくふたりが逆の立場でも必ず同じ行動をとるだろうと思われた。

石段を吹きあがってくる風が異様に冷たい。昌浩は我知らず身震《みぶる》いしていた。

この先に斎の宿体がある。彼女の体を乗っ取った厳霊は、たぶん、智鋪の祭司の宿体を操《あやつ》っているのと同じ魔物《まもの》だ。成親はあれを八雷神《やくさのいかづちがみ》だと断じていた。兄の見立てはきっと正しい。

九流族の真鉄は、祭祀王《さいし》として八岐大蛇荒魂《やまたのおろちのあらみたま》を降ろせる器《うつわ》だった。斎もまた、いかなる神をもその身に降ろせる巫女《みこ》、玉依姫だ。

神を降ろせる器を選んで降りるなら、それは神か、神に匹敵《ひってき》する魔物だろう。雷《いかずち》。厳霊《いかづち》。鳴神《なるかみ》。たけだけしく恐《おそ》ろしい魔物。――黄泉の鬼《おに》、だ。

衣《ころも》の下の勾玉《まがたま》を摑んでゆっくりと息を吸い込んだ昌浩は、意を決して石段に足を踏《ふ》み出した。物の怪が先導する形で、壁《かべ》に手をついて慎重《しんちょう》に石段をおりていく。警戒《けいかい》していた敵襲《てきしゅう》はなかったが、おりるごとに陰気が濃《こ》くなって呼吸が苦しくなっていた。

物の怪の放つ軻遇突智の燐光が昌浩の足元を照らし、這《は》い登ってくる陰気や邪念《じゃねん》を払《はら》いのけてくれなければ、途中《とちゅう》で力尽《ちからつ》きて動けなくなっていただろう。

この階《きざはし》をおりたところに広がっている祭殿の間にはいつも、明かりと魔除《まよ》けのための篝火《かがりび》が焚《た》かれていた。玉依姫は木枠《きわく》の結界《けっかい》に仕切られた祭殿に端座《たんざ》して、海面にそびえる巨大《きょだい》な三柱鳥居に向かって祈《いの》るのだ。

神威は三柱鳥居に降りてくる。玉依姫は祈りの中で神の言葉を降ろす。

その神聖な空間にはいつも圧倒《あっとう》的なほど強く激しい神気が渦を巻いていた。しかし。

岩窟《がんくつ》の石段をおりきった昌浩は、あまりにも変わり果てた祭殿の間の空気に言葉を失った。

あれほど満ち満ちていた神気が、もはや欠片《かけら》も残っていない。

広い空間は乾《かわ》いて冷え冷えとしていた。絶えず響いていたはずの波の音もやんでいる。

そびえているはずの三柱鳥居に視線をやった昌浩は、真っ黒な靄《もや》にも似たものが祭殿の向こうに立ち込めていることに気がついた。この場の穢《けが》れが具現化したもののように思えた。

よく見れば、壊《こわ》れた木枠の結界の手前に益荒が倒《たお》れていた。起き上がろうと足掻《あが》いて肩を大きく上下させている。

神使の先に白いものがあった。目を凝《こ》らした昌浩は息を呑《の》んだ。それは、白と黒の不思議な斑《まだら》模様の衣をまとった小柄《こがら》な少女だったのだ。

「益荒！」

駆け寄った昌浩と物の怪に目をやることなく、益荒は苦しそうに唸った。軻遇突智の神気を取り込んで回復したはずの生気が枯渇寸前になっている。すっかり穢れたこの場では呼吸するだけで力が抜け落ちていくのだ。

昌浩は物の怪を一瞥《いちべつ》した。もし軻遇突智の燐光《りんこう》がなかったら、昌浩もあっという間に益荒と同じ状態になっていただろう。

物の怪の体にまといつく燐光を集めて益荒の背に落とすと、見る間に神使の呼吸が楽になっていくのがわかった。

益荒は悔《くや》し気に顔を歪めながらなんとか身を起こす。

「斎様が…！」

先ほどより近い場所で改めて斎に視線を投じた昌浩は、はっと目を見開いた。斎の衣が白と黒の斑に見えたのは、蠢《うごめ》く黒蟲《くろむし》たちと邪念が絡《から》みあうようにまといついているからだったのだ。

冷たい目で益荒を見ていた斎が、にぃと禍々《まがまが》しく嗤《わら》う。昌浩はその眼差《まなざ》しに覚えがあった。

満身創痍《まんしんそうい》の成親を見て嗤った智鋪の祭司と同じ目だ。

そのとき、地の底から轟《とどろ》いてくるような重い音が突き上げてきた。それまで聞こえなかった波の音が響く。それは荒《あ》れ狂《くる》う時化《しけ》の海の音によく似ていた。

水の割れる轟音《ごうおん》とともに、大きな塊《かたまり》のようなものが黒い靄を突き破ってきた。

「黒蟲…っ！」

固まった大群はひとつの大きな魔物と化して昌浩たちに襲《おそ》いかかってきた。魔物が身をくねらせるたびに黒い陰気が噴《ふ》き出してまき散らされていく。散った陰気の飛沫《しぶき》が羽音を立てながら飛び、黒蟲の群れが際限なく増えていく。

ふいに昌浩は、忍《しの》び笑う声を聞いた。

斎だった。斎の姿をした黄泉の魔物が、残忍《ざんにん》な目でくすくすと笑っている。

「斎を返せ！」

思わず叫《さけ》んだ昌浩に、黄泉の魔物は小首を傾《かし》げて口端《こうたん》をくっと吊り上げる。

「これはとてもいい器だ。魂の持つ力も呪《のろ》いに長《た》けていた」

鈴《すず》を転がすような声音《こわね》が楽し気に綴《つづ》る言葉の意味を、昌浩は一瞬《いっしゅん》摑《つか》みあぐねた。

「は…？」

面食《めんく》らって二の句の継《つ》げない昌浩の横から、益荒の怒声《どせい》が轟いた。

「貴様まさか、斎様に神を呪わせたのか!?」

「え……」

呆然《ぼうぜん》と呟《つぶや》く昌浩の視界で、黄泉の魔物が陶然《とうぜん》と微笑《ほほえ》む。その表情が答えだった。

昌浩は戦慄《せんりつ》した。祈りと呪いは表裏《ひょうり》一体だ。祈りの力が強いということは、呪いの力も強いということ。神への祈りが確実に届くなら、――神への呪いも確実に届く。

「…え…待てよ…、呪い…て…」

ひとつの事実に思い当たり、昌浩は愕然《がくぜん》とする。

魂の持つ力も、と黄泉の魔物は言った。

「…玉依姫が…呪ったら…何が起こるんだ……」

ひとりごとのような呟きをこぼす昌浩を、黄泉の魔物は嬉《うれ》しそうに見つめる。

「返るのよ。寸分違《たが》うことなく呪いは返る」

黄泉の魔物の目に残忍な光が宿るのを、昌浩は確かに見た。

「返った呪いは龍脈《りゅうみゃく》にのって世界のすべてに及《およ》ぶ」

どくんと、昌浩の鼓動《こどう》が激しく跳《は》ねた。

龍脈は本来国土の礎《いしずえ》ともいうべき国之常立神の神気をすみずみまでめぐらせるものなのだ。

それこそ、国中に、まるで人体の毛細血管のように張りめぐらされているのである。

それにのって神への呪いが広がり呪いがめぐる。

めぐった呪いを受けるのは、生きとし生けるすべてのものたちなのではないのか。

そうなれば、呪いはさらなる死を招くだろう。病だけでなく呪いもまた死をもたらすのだ。

それはとても恐ろしい未来絵図だった。このまま何もしなければ、それは確実に現実のものとなるのだ。

「現世《うつしよ》は黄泉《よみ》となるのだ」

どこか常軌《じょうき》を逸《いっ》したような、不自然に明るい声音に、昌浩は絶句した。

死に満ちた地上は黄泉になる。地の底深くにある陰《いん》の魔物と陰の神たちの国に。ならば龍脈をめぐるのは、天を裂《さ》くあの赤い雷《いかずち》なのか。

昌浩は視界のすみで、愕然とした益荒が肩《かた》を小刻みに震《ふる》わせているのに気づいた。

「なんと…いう…ことを……っ」

喘《あえ》ぎながら発された神使の声は掠《かす》れている。

玉依姫《ひめ》が、斎が、まさかそのような目的で狙《ねら》われていたとは。神への祈りを断《た》つために魂《たましい》を奪《うば》われたのだとばかり思って、それ以外の可能性を考えることすらしなかった。

「この器はもらっていく」

やにわに響《ひび》いた少女の言葉に、眉《まゆ》を跳ね上げたのは物の怪だ。

「なに？」

「地の底で、形代《かたしろ》を作ってやろう。決して朽《く》ちぬ土の形代。この愚《おろ》かな娘《むすめ》が会いたがっていた女の形代を。この愚かな娘は、幸せを夢見ながら永久に神を呪いつづける」

益荒が血相を変えた。

「なんということを…！　玉依姫の魂を穢し尽《つ》くして息の根を止めるつもりか！」

怒《いか》りに震える叫びは悲鳴にも似ている。

怒れる神使を見返した黄泉の魔物《まもの》は目を瞠《みは》り、唐突《とうとつ》にけたけたと笑い出した。

「息の根を止める？　この器《うつわ》の？」

狂気《きょうき》じみた哄笑《こうしょう》をひとしきりあげた黄泉の魔物は、突然《とつぜん》表情を消した。

「そんな真似《まね》をしたら次の巫女が産まれてしまうだろう、ばーか」

蔑《さげす》みの眼差しを益荒にくれた黄泉の魔物は、興味をなくしたように身を翻《ひるがえ》した。

「斎様！」

色を失う益荒の叫びが黒蟲の羽音で掻き消される。

祭殿《さいでん》から海面に身を躍《おど》らせた少女の体に黒蟲がわっと群がった。黒蟲の塊《かたまり》はそのまま三柱鳥居の中に飛び、陰気《いんき》をまき散らしながら降りていく。

「待て！」

追おうと腰《こし》を浮《う》かせた益荒や昌浩たちの前に陰気の魔物が立ちはだかった。

二の足を踏んだ昌浩たちの前に、白い物の怪がひらりと飛び降りる。

「ここは任せろ。お前たちはあれを追え」

物の怪が険しい眼差しを益荒にくれる。

「昌浩を連れて行け。穢れを落とすのも憑依《ひょうい》を解くのも陰陽師《おんみょうじ》の得意分野だ」

「え、とくい、ぶんや？」

意表をつかれて思わず復唱した昌浩を顧《かえり》みた物の怪は、感情が入り混じって複雑に絡《から》み合った目をしていた。

「本っ当に、心の底から、激しく不本意だが、完全に憑依した魔物を宿体から引き剝《は》がせるのは、陰陽師だけだ。……ここに陰陽師はお前しかいない」

物の怪がどんな思いでそう告げたのかを悟《さと》り、昌浩はぐっと唇《くちびる》を嚙《か》んだ。

もう力を使うな術を使うなと、しきりに繰《く》り返してきたのは物の怪だ。これ以上負荷《ふか》がかかれば残り少ない昌浩の寿命《じゅみょう》がもっと削《けず》られてしまうのだから。

けれども物の怪は、覚悟《かくご》を決めたのだ。おそらく、安倍邸《てい》で昌浩が助けを乞《こ》うたときに。

物の怪の長い尻尾《しっぽ》がぴしりと揺《ゆ》れた。

「行け。……加減できるかわからない」

「え？」

ぼそりとした呟きを聞き留めた昌浩が訝《いぶか》った瞬間《しゅんかん》、物の怪の白い姿が揺らめく炎《ほのお》に包まれた。

灼熱《しゃくねつ》の闘気が吹《ふ》き上がって燐光が散り、閃光《せんこう》が弾《はじ》けて渦を巻く。

昌浩はこれ以上ないほど見開いた目で、久しぶりに現れた長身の背を凝視《ぎょうし》した。

見慣れた体軀《たいく》にまったく別の影《かげ》が重なって見える。渦巻く炎が全身にまといついて、吸い込んだだけで肺が焼けそうなほど凄《すさ》まじい熱気が立ち昇《のぼ》っているのだ。

熱風に翻弄《ほんろう》された黒蟲《くろむし》が崩《くず》れていく。眼前の魔物が熱気に圧《お》されて後退しはじめている。

昌浩はごくりと喉《のど》を鳴らした。これが軻遇突智の焰《ほのお》か。

同時に昌浩は思い知った。昔高龗神から自分が借り受けたものは、軻遇突智の神の力の、ほんの片鱗《へんりん》に過ぎなかったのだと。丸ごと渡《わた》されていたら命がなかっただろう。

こんなものは、陰陽師といえども人間の自分には到底扱《とうていあつか》いきれない。

陰気の魔物と対峙《たいじ》している紅蓮の肩が上下している。

どうにか抑《おさ》え込んではいるものの、完全に制御《せいぎょ》できるかどうかはまだ自信がない紅蓮だった。

「ぼけっとするな、行け！」

叱責《しっせき》された昌浩は慌《あわ》てて頷《うなず》いた。

「う、うん。益荒、行こう」

促《うなが》された神使はふいに瞠目《どうもく》した。紅蓮の放つ軻遇突智の力をじかに浴びたことで、おびただしく消耗《しょうもう》していた神気が完全に回復していることに気づく。

昌浩と益荒は身を翻し、祭殿に駆《か》け上がると三柱鳥居のそびえる海に身を躍らせた。

灼熱の風がふたりを包む。

鳥居の柱を通過した瞬間、白銀の閃光が視界いっぱいに広がった。

三柱が作る三角陣《じん》の底に果てしなく落下していくような錯覚《さっかく》に襲われた昌浩は、風圧に堪《た》えきれず顔の前で腕《うで》を交差させてぎゅっと目を閉じた。

螺旋《らせん》を描《えが》きながら落ちている。陰気の渦と灼熱の神気がぶつかって散る火花が瞼《まぶた》を突《つ》き抜《ぬ》けてくる。耳の近くで雷鳴《らいめい》に似た音が何度も轟《とどろ》き、それを掻《か》き消す風の唸《うな》りが鼓膜《こまく》を叩《たた》く。

「くっ…いつまで……！」

いや、どこまでという表現のほうが正しいのか。かなり長時間落ちているはずなのに、まだ底につかない。前はここまでかからなかった気がするのに。

そう考えて、昌浩は思い至った。地御柱があるのは現世ではないところだ。あの三柱鳥居は別の界と行き来するための出入り口。安倍邸の庭にある入らずの森や、菅生の郷《さと》の近くの入らずの山のような、狭間《はざま》の出入り口と同じもの。

なら、もしかして、黄泉の入り口にも。

脳裏《のうり》をよぎった思考に、昌浩は唇を噛んだ。まだ諦《あきら》めきれていない自分の往生際《おうじょうぎわ》の悪さに胸がざわつく。

両手をぎゅっと握《にぎ》り締《し》めた刹那《せつな》、袂《たもと》や裾《すそ》が風に煽《あお》られてばたばた鳴る音に紛《まぎ》れて、かすかな叫《さけ》びが聞こえたような気がした。

――と…さ…ま…！

昌浩は息を呑《の》んだ。視線を走らせると、すぐ傍《かたわ》らにいる益荒も瞠目している。

間違《まちが》いない。いま聞こえたのは斎の声だ。斎の悲痛な叫びがふたりに届いたのである。

その瞬間、風圧が掻き消えて、灰色の地面が見えた。

膝《ひざ》の弾性《だんせい》を使って着地の衝撃《しょうげき》を逃《に》がし、転がって勢いを削《そ》ぐ。即座《そくざ》に立ち上がった昌浩は、ざっと見渡《みわた》した周辺に何もいないのを確かめて息を吐《は》いた。

「斎様！」

益荒の叫びに顔を上げると、地御柱の裏側からわっと出現した黒蟲の群れと戯《たわむ》れる少女の姿があった。

昌浩は緊迫《きんぱく》した面持《おもも》ちで黄泉の魔物と地御柱を見比べた。

記憶《きおく》にある地御柱と形はまったく同じなのに、受ける印象が違《ちが》いすぎる。

祈《いの》りを捧《ささ》げられている地御柱は、青々とした木々に覆《おお》われた山のような気に満ちていた。

しかし、いまそびえている地御柱は文字通り枯《か》れている。抜け殻《がら》だ。

邪念《じゃねん》に覆われてしまったときですら、神はここに在った。けれどもいまここに神はいない。

「これも…呪《まじな》いの…？」

茫然《ぼうぜん》と呟《つぶや》いた昌浩に、黒蟲をまといつかせる黄泉の鬼《おに》がきゃらきゃらと笑う。

「天津神も、国津神も、現世から消える」

ようやく昌浩は理解した。貴船の祭神高龗神がなぜあれほどに木枯《けが》れを憂《うれ》い、懸念《けねん》し、昌浩を急《せ》き立てたのかを。

木が枯れて気が枯れれば穢《けが》れる。

穢れは陰気だ。陽の極《きわ》みである神は、陰気に満ち満ちた穢れた場所には存在できない。

このままでは黄泉《よみ》の鬼の言うとおり、すべての神がこの地上から消えてしまう。

少女の体を乗っ取った黄泉の鬼は、おもむろに口ずさんだ。

「ひとぉつ……」

昌浩はぞっとした。葬列《そうれつ》を呼ぶ黄泉の数え歌。

斎の声が黄泉の歌を紡《つむ》ぐ。

風が凍《い》てつくほど冷えていく。飛び交《か》う黒蟲がどんどん増えて地御柱にたかり、鈍《にぶ》い羽音を立てながら表面を削いでいく。

乾《かわ》いた音が響《ひび》いた。柱のあちこちに亀裂《きれつ》が生じ、欠片《かけら》が剝がれ落ちてきた。

その間にも黄泉の鬼が紡ぐ数え歌は響きつづける。

これは呪歌《じゅか》なのだ。歌うことで柱に呪いをかけている。呪詞《じゅし》を幾重《いくえ》にも塗《ぬ》りこめて、絶対に解くことのできないまじないをかけているのだ。

飛び交っていた黒蟲たちが塊になって突進《とっしん》してくる。

「……っ！」

ふいに昌浩は押し黙《だま》った。

──と…さま…！　と…さ……ま……！

斎の声が、胸の奥に木霊《こだま》する。ここではないところにいるはずの彼女の魂《たましい》が叫んでいる。宿体から抜かれた魂に何かが起こっているのだ。斎だけではない。守直にも危機が迫《せま》っているのではないのだろうか。

黒蟲の大群が二手に分かれて昌浩と益荒を取り囲む。

「……斎、ごめん」

口の中で呟いた昌浩は、素早《すばや》く結印して五芒星《ごぼうせい》を描いた。

胸に下げた勾玉《まがたま》が熱くなる。籠《こ》められている道反大神の神気が昌浩の全身を駆けめぐって刀印《とういん》の切っ先に集まった。

「縛《ばく》！」

金色の籠目《かごめ》が斎を捕縛《ほばく》し、閉じ込める。

黒蟲の大群が籠目にわっと群がった。籠目の檻《おり》を成す神気を食い尽《つ》くそうとしている黒蟲に、昌浩は印を組み替《か》えて真言を詠唱《えいしょう》した。

「オンアビラウンキャン、シャラクタン！」

神の通力が炸裂《さくれつ》して黒蟲たちを吹き飛ばす。

「ナウマクサンマンダバサラダン、センダマカロシャダソワタヤウン、タラタカン、マン！」

柱にたかる蟲たちが神気の渦に剝ぎ取られて払《はら》い飛ばされていく。

「縛鬼《ばくき》伏邪《ふくじゃ》、百鬼消除《ひゃっきしょうじょ》、急々如律令《きゅうきゅうじょりつりょう》！」

周囲に身を守る障壁《しょうへき》を築いて拍手《かしわで》を打つ。

「国之常立神。祓《はら》いたまえ清めたまえ、祓いたまえ清めたまえ……！」

通常であれば神名はそれそのものが強い力を持つ神咒《かじり》だ。しかし気が枯れ切ったここではいくら唱えても効果は薄《うす》い。

ぱしんと音を立てながら、塗りこめられた呪力《じゅりょく》が僅《わず》かに弾《はじ》け散るが、この程度では焼け石に水だった。柱の奥深くまで食い込んだ呪《しゅ》を完全に取り除くためには、とにかくまず黒蟲たちの放つ陰気《いんき》を絶たなければ。

黒蟲の塊《かたまり》が四方八方から攻《せ》めかかってくる。障壁の神気がみるみるうちに削《けず》られていく。蟲の数が多すぎるのだ。

その間にも黄泉の数え歌は途切《とぎ》れず響きつづけている。

「くそ……！」

この蟲を呼んでいるのがあの歌声。黄泉の魔物《まもの》が紡ぐ呪歌。あれをやめさせないと。

「益荒……」

黒蟲《くろむし》たちが群がって昌浩の視界を覆い尽くす。

「益荒、その歌を止めてくれ！」

一方の益荒は、黒蟲たちを神気で撥《は》ねのけて囲みを掻いくぐり、斎を捕《と》らえた籠目の檻の周囲に障壁を築いていた。

益荒は眩暈《めまい》を覚えた。軻遇突智の焰《ほのお》で回復した神気が抜けていく。

「やぁっ…やさかみ…なおまどえ……」

檻の中に閉じ込められた黄泉の鬼は嗤《わら》いながら歌いつづけている。

益荒の背を戦慄《せんりつ》が駆《か》け下りた。この歌を聴《き》くだけで力が抜ける。陽気が失われていくのだ。

玉依姫《ひめ》の霊力《れいりょく》で紡がれる呪歌は、これほど覿面《てきめん》に効果を発現するのか。

「斎様から離《はな》れろ…！」

怒気《どき》もあらわに唸る神使を睥睨《へいげい》した黄泉の鬼は、双眸《そうぼう》を妖《あや》しくきらめかせ、やおら手を背に回した。

益荒はふっと息をつめた。翻《ひるがえ》った白い手が摑《つか》んでいたのは細身の小刀だった。帯に挟《はさ》んでいたらしい。幣《ぬさ》を作るときなどに使用するものだ。宮に仕える神職たちはみな同じものを持っていて、柄《つか》に刻まれた名や紋様《もんよう》で誰《だれ》のものかを判別する。

白木の柄《つか》に刻まれている紋様は荒磯《あらいそ》の波。これは、磯部守直の小刀だ。

黄泉の鬼はにやにやと嗤いながら、やにわに刃《やいば》を自らの肩《かた》に突き立てた。

「やめろ！」

声まで蒼白《そうはく》になった益荒を上目遣《うわめづか》いに見やり、黄泉の鬼はけたけたと笑った。

「ああ痛い痛い。でも死なない。まだまだ死なない。ほら、ほら」

きゃらきゃら笑いながら腕や足に小刀の切っ先を突き立てる。にじんだ血で衣《ころも》が赤と白の斑《まだら》に変わる様を見せつけながら嗤う少女は、頬《ほほ》に刃を押し当てた。

「…この檻を壊《こわ》せ。ここから出せ。はやく」

瞬《まばた》きもせずに凝視《ぎょうし》してくる少女の瞳孔《どうこう》が開いている。益荒は堪《こら》えきれない怒《いか》りでわなわなと震《ふる》えた。

切っ先を押し当てた白い頬に、つ、と朱色《しゅいろ》の筋が走った。少女はそのまま切っ先を垂直に持ち直し、くんっと力を込めた。銀の切っ先が皮膚《ひふ》に埋《う》もれていく。

「やめろ！」

神使の悲鳴のような声と同時に籠目の檻が砕《くだ》け散る。

解き放たれた黄泉の鬼は、血に濡《ぬ》れた切っ先を益荒の首筋に当てて目を細めた。

「神使は、死ぬの？」

無邪気《むじゃき》にも聞こえるささやきが益荒の耳朶《じだ》を掠《かす》めた刹那《せつな》、首筋にかすかな痛みが生じ、脈動とともに熱い血潮が噴《ふ》き出した。

生気の塊ともいえる血に黒蟲が瞬時《しゅんじ》に群がり、益荒の体から神気が奪《うば》われていく。

たまらずに片膝《かたひざ》をついた益荒を嘲《あざけ》るような甲高《かんだか》い哄笑《こうしょう》が地御柱の場に木霊した。

黒蟲たちが激しくうねる。満ち満ちた陰気が重く降りこめてねっとりとした塊に変わる。

首を押さえた益荒がくずおれる寸前、黒蟲の群れを突《つ》き崩《くず》すように白炎の渦《うず》が立ち昇《のぼ》った。

熱気が頬を打つのを感じて益荒は息を止める。十二神将と火の神の凄《すさ》まじい神気だ。

「――――禁！」

益荒を呑《の》み込もうとしていた邪念《じゃねん》が硬直《こうちょく》し、閃光《せんこう》とともに破砕《はさい》された。

残る力を振《ふ》り絞《しぼ》って視線を上げた益荒は、黄泉の鬼《おに》を再び捕らえた金の籠目を認めた。

「紅蓮、益荒を頼《たの》む」

すぐ傍《かたわ》らを駆け抜《ぬ》けた昌浩は、両手を籠目に張り付けられて身動きの取れない黄泉の鬼の眉《み》間《けん》に刀印の切っ先を据《す》えた。

「…、おんみょ…じ…っ…」

なにを、とうめいたつもりだったが、益荒の声は喉《のど》の奥に絡《から》まって気息だけがこぼれ出た。

昌浩はゆっくりと息を吸い込んだ。視線を走らせて、益荒の傍らに紅蓮がいるのを確かめる。

大丈夫《だいじょうぶ》だ。気が枯《か》れても。

天御中主神の神威《しんい》が消えても。国之常立神の神威が食い尽くされていても。

天津神の――火神《ひのかみ》軻遇突智の神威はいまここに在る。水神高龗神の加護も。

火水《かみ》は、在る。神はまだ、在る。この場に。この地に。この世界に。

「――天神地祇《てんじんちぎ》」

気枯れ切っているはずの場に響いた言霊《ことだま》の強さに、黄泉の鬼は瞠目《どうもく》した。

「な…っ」

昌浩を凝視する驚愕《きょうがく》の眼《まなこ》が、音を立ててひび割れる。

「辞別《ことわ》けては産土大神《うぶすなのおほかみ》、神集獄退妖官神々《しんしゅうがくたいようかんのかみがみ》、この霊縛神法《れいばくしんぽう》を助け給《たま》え！」

9

「困々《こんこんこん》、至道神勅《しどうしんちょく》、急々《きゅうきゅう》、如塞《にょさい》、道塞《どうさい》、結塞縛《けっさいばく》、不通不起《ふつうふき》、縛々々律令《ばくばくばくりつれい》！」

霊縛の印を描《えが》こうとした刹那、少女が突然《とつぜん》大きくのけぞり白目を剝《む》いて全身を弛緩《しかん》させた。

驚《おどろ》いて咄嗟《とっさ》に手を止めた昌浩は、次の瞬間《しゅんかん》顔色を変えた。

「しまった…！」

その一瞬《いっしゅん》に斎の中にいた黄泉《よみ》の鬼が忽然《こつぜん》と消えた。霊縛神法に捕らわれる直前、宿体を捨てて逃《に》げたのだ。

搦《から》め捕って封《ふう》じるまであと少しのところだったのに。

金の籠目《かごめ》が効力を失って消える。支えを失った斎がくずおれる寸前、昌浩が傷だらけの肢体《したい》を受けとめた。

「斎様…！」

失血でふらつく益荒が手をのばしてくる。

益荒に頷《うなず》いた昌浩は、斎の額に手を当てた。

宿体はまだからっぽだ。魂魄《こんぱく》を取り返して戻《もど》さなければ、どんなに手を尽《つ》くしてもいずれこの体は鼓動《こどう》を止める。魂蟲《たまむし》を失ったほかの者たちと同じように。

　斎を抱《かか》えたまま地御柱を見上げて、昌浩は口を開いた。

「…紅蓮」

　呼ばれた神将は黙然《もくぜん》と視線を投じてくる。

「地御柱にかけられた呪《しゅ》をといても、祈《いの》りを捧《ささ》げる斎がいなきゃだめなんだよ」

　紅蓮の目が険しくなった。くすんだ金色の双眸が鋭《するど》さを増す。

「たぶん、斎は夢殿《ゆめどの》にいるんだと思う。葬列《そうれつ》が向かう先の、最果てに」

　そこに行けるのは夢を見る者だ。神将は夢を見ない。神使はわからないが、見るのだとしても斎の宿体のそばから離れはしないだろう。

「同調して魂魄の軌跡《きせき》を追う」

「昌浩、待て」

　口を開いた紅蓮から視線を外し、昌浩は斎を見下ろした。

「黒蟲が出たらよろしく。ノウボウアラタンノウ……――」

　素早《すばや》く呪を唱えた昌浩の体がぐらりと傾《かたむ》く。ずり落ちそうになった斎と昌浩を摑《つか》まえた紅蓮は、憤懣《ふんまん》やるかたないと言いたげな顔で深々と息をついた。

　青ざめた顔で首を押さえていた益荒は、ふいに眉根《まゆね》を寄せて首から手を離《はな》した。

「……ふさがった…？」

訝《いぶか》る声音《こわね》に紅蓮が唸《うな》る。

「ああ、軻遇突智の焔《ほのお》が何かしたんだろう。こいつは扱《あつか》いが難しいんだ。なかなかいうことをきかなくて骨が折れる」

紅蓮は眉間にしわを寄せた。本性《ほんしょう》のままだと軻遇突智の力が際限なく噴き出てきそうだ。自分の力とは違《ちが》うから疲労《ひろう》することはないのだが、知らないうちにあちこちに思いもよらない影響《えいきょう》が出そうで、それが煩《わずら》わしい。

祭殿《さいでん》の間の陰気《いんき》の魔物《まもの》を倒《たお》すのにはさほど時間はかからなかった。しかし、解き放たれて暴れまくる軻遇突智の焔を抑《おさ》えるのに思いのほか手間取ったのだ。

紅蓮がここに降りてきたとき、昌浩も益荒もかなりの窮地《きゅうち》に立たされていた。あと一歩遅《おそ》かったらと思うとぞっとする。

「陰陽師《おんみょうじ》の術とは違うからな、傷を消したわけじゃないと思うぞ。極《きわ》みに近い陽気で傷の治りが加速したとか、皮膚の癒《いや》しが促《うなが》されたとか、そういった類《たぐい》だ、たぶん」

軻遇突智の燐光《りんこう》で生気や神気が瞬く間に回復するのだから、神気をじかに浴びた者の怪我《けが》がたちどころに治ったとしてもあまり不思議はない。

何気なく斎を見下ろした紅蓮は、白い頬や体のあちこちに刃《やいば》の傷があるのを認めた。切っ先に血がついた小刀が落ちているのも目に留まる。凶器《きょうき》はあれか。

「おい、なんだこれは」

胡乱《うろん》気な問いに、益荒の眉《まゆ》が跳《は》ね上がる。

「黄泉の鬼が斎様の御身《おんみ》に傷を…！」

それも、よりによって実父である磯部守直の小刀を使い、面白《おもしろ》がってあちこち切り刻んだのである。

益荒は拳《こぶし》を震《ふる》わせた。すんでのところで取り逃がしたことが悔《く》やまれてならない。

怒《いか》りに燃える神使に、目をすがめた紅蓮がなだめるように言った。

「黄泉の鬼を逃がしたからと言って、昌浩に八つ当たりはするなよ？　あいつは斎を取り返すために命がけで夢殿に入ったんだからな」

「わかっている」

荒々《あらあら》しく返答した神使は、眦《まなじり》を決したまま紅蓮に詰《つ》め寄った。

「斎様の御身の傷を治して差し上げろ」

「………」

半眼になった紅蓮は胸の中で呟《つぶや》いた。軻遇突智の焔は扱いが難しくなかなかいうことをきかなくて骨が折れると言ったのをこいつは聞いていなかったのか。

無言で肩《かた》をすくめた神将は、一触即発《いっしょくそくはつ》の益荒に睨《にら》まれながら、斎の頰《ほほ》や各所の傷に軻遇突智の神気を慎重《しんちょう》に注いだ。

◆　◆　◆

どこまでもつづく漆黒《しっこく》の闇《やみ》を、道反《ちがえし》の守護妖《よう》である嵬は全速力で滑空《かっくう》していた。

夢殿のどこかに内親王脩子の魂蟲がいる。黄泉から解き放たれたのであれば、魂の波動を必ず見つけ出せる。

嵬には自信があったのだ。

なのだがしかし、どういうわけだ。いざ夢殿に入ったら、どれほど気を凝《こ》らしても脩子の魂がまったく見つからない。影《かげ》も形もない。忽然と消えてしまったとしか言いようがない。

『むううう…内親王の魂蟲は何処《いずこ》に…！』

両翼《りょうよく》でばさばさと風を打ちながら唸る嵬はひどく焦燥《しょうそう》していた。

ここは夢殿の最果てに近い。道反の守護妖である嵬は人界も夢殿も自在に行き来できるが、最果てとなるといささか勝手が違う。

夢殿の最果ては黄泉との境だ。黄泉に生者は入れない。たとえそれが人外の守護妖であっても、命あるものである以上、その道理から抜《ぬ》けることはできないのだ。

しかも嵬は道反の守護妖である。黄泉と現世《うつしよ》をさえぎる大磐《おおいわ》は、黄泉の鬼《おに》たちにとって行く手を阻《はば》む憎《にく》き存在だ。畢竟《ひっきょう》、嵬もまた黄泉《よみ》の鬼たちにとっては仇敵《きゅうてき》にほかならない。

最果ての奥へと翼《つばさ》をはばたかせながら、嵬はくちばしを引き締《し》めた。

吹《ふ》きつけてくる風にかすかな波の音がはらまれている。夢殿と黄泉との境には水が揺蕩《たゆた》っており、冷たい波が打ち寄せているのだ。果ての果てが近い。

ここまで来ても内親王脩子の魂蟲の気配が一向に見つからない。嵬は焦《あせ》りをとおりこし、困《こん》惑《わく》しはじめていた。

道反の姫《ひめ》である風音が嵬に告げた言葉に偽《いつわ》りがあろうはずはない。しかし、現に魂蟲の気配が見つからないのである。

岩戸が開きたくさんの光が解き放たれたというのは間違《まちが》いない。黄泉から逃《のが》れてきただろう無数の魂蟲たちが人界に出現したのを嵬もその目で見た。

その中にいたはずの内親王脩子だけが見つからないということは、よもや。

『……既《すで》に、再び黄泉《よもつ》軍《いくさ》の手に落ちているのでは…』

一旦《いったん》逃れることができたものの、またすぐに捕《と》らえられてしまったのならば、気配をまったく摑めないことの説明がつく。

『……っ、なんの！』

最悪の想像に心が揺《ゆ》れかけた嵬だったが、首を振《ふ》って暗い気持ちを無理やり振り払《はら》った。

もし万が一そんな事態に陥《おちい》っているとしても、それがなんだ。黄泉つ軍から内親王の魂蟲を三度《み》奪《たびうば》い返し、追撃《ついげき》を掻《か》いくぐって風音の許《もと》に運べばいいだけのことではないか。

『たとえそれでこの命尽きようとも、必ずや姫の御許《おんもと》に…、…ん？』

覚悟《かくご》を決めて己《おの》れを鼓舞《こぶ》していた嵬は、黄泉の風の中に含《ふく》まれる異質な気配に気づいた。

生者のそれではないが、黄泉の鬼とも違うものが嵬の翼に触《ふ》れた。決して命ある者の気配ではないのに生気に限りなく近いそれを、嵬はよく知っている。

黄泉の国とも、根の国底の国とも違う、死の世界。――冥界《めいかい》の者が放つ気配だ。

『冥官《めいかん》？　いや、そんなはずは…』

たとえ冥官でも黄泉に入ることは難しいはず。それこそ、道反の聖域の奥深くにそびえる千引磐を開かなければ、黄泉に降りられるわけもない。

道反の聖域にある千引磐は、黄泉津比良坂を登りきったところにある黄泉の出口だ。この世のどこかにあるはずの黄泉の入り口からなら入ることもできるだろうが、入り口への路《みち》はつい先ほど陰陽師が閉じたばかりだ。

では、嵬の知らないうちに新たな路が穿《うが》たれたのか。あるいは、黄泉のものたちに紛《まぎ》れて入り口に迫《せま》ったのか。

いずれにしても、冥府《めいふ》の関係者が夢殿《ゆめどの》の最果てにいることは間違いない。

『おのれ冥官、何をしに…！』

唸った嵬が見はるかす遥《はる》か先に、無数の蠢《うごめ》く影がいる。

翼を打ち、速度を上げた鬼は、団子状になっている黄泉の鬼たちの頭上を一度通り過ぎた。

『…ぬ！』

通過する一瞬《いっしゅん》に見た群がる鬼たちの下に、冥府に属するものの気配と、こんなところにいるはずのない人ならぬ巫女《みこ》の気配を感じて、鬼はぎょっとした。

「裂破《れっぱ》！」

怒号《どごう》にも似た呪文《じゅもん》とともに鬼たちが四方に吹っ飛ぶ。爆裂《ばくれつ》したのは紛れもない霊力《れいりょく》だ。

大きく旋回《せんかい》して俯瞰《ふかん》した鬼は、先ほどとは別の意味で愕然《がくぜん》とした。

そこにいたのは、忘れたくても忘れられない男だった。

『……きさ…ま…』

考えるより先にこぼれた呟きが鬼自身の耳に突き刺《つさ》さる。

そのかすかな声を聞き留め、頭上を振り仰《あお》いだ男と守護妖の目が合った。

男が瞠目《どうもく》する。その相貌《そうぼう》を鬼が見間違《みまち》えるわけがない。自分にふたつ目の首を植えつけ言葉を封《ふう》じ、風音に偽りと憎しみを刻み込んだその男の顔を。

『っ！』

鬼の双眸《そうぼう》が激情で苛烈《かれつ》に燃え上がった。ここで会ったが百年目、恨《うら》み骨髄《こつずい》に徹《てっ》す。

『きっさまぁあああ！』

逆上する鬼を見つめた男は、怒号を叩《たた》きつけられた瞬間《しゅんかん》口を開いた。

「なんていいところに！」

『くっ⁉』

両翼を大きく広げていままさに妖力の渦《うず》を落とさんとしていた鴉《からす》は、喰らえと言いかけたところで見事に気勢をくじかれた。

『は…？』

わなわなと震える鬼は、はたと気がついた。黄泉の鬼たちが半円状に男を囲んで間合いを詰めている。

智鋪の宗主《そうしゅ》、いや、そうではない。いまとなっては鬼も理解している。陰陽師《おんみょうじ》榎岦斎の亡骸《なきがら》に黄泉の鬼が憑依《ひょうい》していたのだと。風音を操《あやつ》っていたのはあくまでも亡骸に憑依した黄泉の鬼であって、あの陰陽師榎岦斎ではない。わかっている。頭では。

わかってはいるが、それはそれとして、久方ぶりに遭遇《そうぐう》するこの顔に憤怒《ふんぬ》と憎悪《ぞうお》を抱《いだ》くなというのは無理な話である。

過去のあれこれが一気に甦《よみがえ》って一度くじけた怒りの炎《ほのお》が再び燃えたぎった鬼に、黄泉の鬼たちを刀印《とういん》でさばきながら岦斎は訴《うった》えた。

「道反の守護妖、頼《たの》みがある！」

『断る！』

いっそ清々《すがすが》しいほどの即断《そくだん》に岦斎は目を剥《む》く。

「ええ!? そんな、話も聞かずにっ」

『貴様の話なぞ聞いてたまるか！ …む？』

冷たく切り返した嵬は眉根《まゆね》を寄せた。

右手の刀印で鬼の攻撃《こうげき》をさばく岦斎は、左手に漆黒《しっこく》の布にくるんだ大きなものを抱《かか》えている。

気を凝らした嵬は半眼になった。先ほど感じた人ならぬ巫女の気配が布の下から漏《も》れ出《い》でている。

「速《すみ》やかに退散せよ、急々如律令《きゅうきゅうじょりつりょう》！」

三方から一斉《いっせい》に飛びかかってきた鬼を呪《しゅ》で吹き払った岦斎が、僅《わず》かによろめいたのを嵬は見《み》逃《のが》さなかった。

そこは乱戦の様相を呈《てい》していた。波を背にした岦斎、それを半円状に囲んだ黄泉の鬼たち。

暗い水の底にはおぞましいものたちが並び、追い込まれた岦斎が力尽《ちからつ》きて沈《しず》むのを待っている。

そう、力尽きるのを待ち構えているのだ。

嵬は岦斎に視線を戻《もど》した。自分を囲んでいる敵に注意深く視線を走らせながら呼吸を整えている男は、いまにもくずおれそうなほど顔色が悪かった。

冷たい水に無数の泡《あわ》が生じ、弾《はじ》けては消える。繰《く》り返し繰り返し生まれる泡。水底からのぼってくるあれこそが黄泉の風だ。

最果てにあるこの深い水が境目。絶えず泡が弾けて風が解き放たれているここはおそらく、夢殿においてもっとも黄泉の陰気《いんき》に満たされた場所。

鬼はようやく思い至った。守護妖《よう》である自分でもここに長時間いれば妖力と生気が削《そ》がれて命が危《あや》うくなるのだ。

あの男は既に死んでいる。冥府の加護で生前と同じ心と霊力を保てているにすぎない。それがこの陰気にさらされて、生気と霊力を失ったらどうなるか。

冥府に関《かか》わっている以上、黄泉に堕《お》ちることはない。黄泉に引きずり込まれることもない。けれども、それだけだ。昔何かで聞いたことがある。冥府で、自ら望んで鬼にその身を堕とした者は、力尽きると鬼としての亡骸も残すことなくそのまま消えるのだ、と。

ならば岦斎もそうなのではないか。力尽きたらそのまま――。

「オン、バゾロ、ドハンバヤソワカ！　オン、バザラギニハラチハタヤ、ソワカ！　オンキリキリバセザラウンハッタ…！」

詠唱《えいしょう》が轟《とどろ》き、黄泉の鬼たちがうめきながら崩《くず》れていく。

あれほど群がっていた鬼はもうほとんどいない。

岦斎は激しく肩《かた》を上下させながら素早《すばや》く視線を走らせた。あと少し。

その一瞬、張りつめていた糸がふっと切れた。

「……っく…！」

腰《こし》からふっと力が抜《ぬ》けて、がくっと膝《ひざ》が沈んだ。均衡《きんこう》を崩してついた膝が、ばしゃっと音を立てて冷たい飛沫《しぶき》をまき散らす。

岦斎は息を詰《つ》めた。知らないうちに水に入っていた。急に力が抜けた原因はこれだ。

鬼《おに》の発した嬉々《きき》とした唸《うな》りが岦斎の耳朶《じだ》を叩く。顔を上げたときにはもう一歩のところに迫っている。刀印を構えても間に合わない。もうだめか。

岦斎が覚悟を決めた瞬間。

『失《う》せよ！』

怒号とともに叩き落とされた妖力が鬼たちの残党を粉砕《ふんさい》した。

黄泉《よみ》の風に散っていく鬼の微塵《みじん》を払いながら降下してきた嵬は、岦斎の肩に留まって目を怒《いか》らせた。

『易々《やすやす》と諦《あきら》めてどうする、痴《し》れ者！』

「いや、ほんと。面目《めんぼく》ない…」

残る力を振り絞《しぼ》って立ち上がった岦斎は、ざぶざぶと水を蹴《け》りながら波から上がってほっと息をつく。

と、全身が急に冷たくなったような気がして、岦斎はそっと唇《くちびる》を噛《か》んだ。足が重い。腕《うで》も、体も、懸命《けんめい》に力を籠《こ》めなければ動かないほど、重い。まるで他人の体のようだ。

努めて静かに息を吸いながら岦斎は背後をちらりと顧《かえり》みた。水底から陰気が立ち昇《のぼ》っている。じきに新たな黄泉の魔物《まもの》が出てくる。だというのに、岦斎自身はそろそろ霊力が尽《つ》きる。

岦斎は腹を括《くく》った。斎を抱えたまま鬼や魔物たちの攻撃を避《さ》けてここを離《はな》れるのは、無理だ。

それまで衣《ころも》でくるんで小脇《こわき》に抱えていた斎を地面にそっと置き、岦斎は鴉をまっすぐに見つめる。

「頼む、この子を人界に」

『この子？』

訝《いぶか》る鬼に、岦斎は漆黒の布の包みを開くようにして見せた。

嵬は胡乱《うろん》気に目をすがめて覗《のぞ》き込む。よく見ればあちこち切り裂《さ》かれてぼろぼろの衣に包まれていたのは、憔悴《しょうすい》しきった小柄《こがら》な少女だった。

嵬は目をしばたたかせた。

『これは…』

ふいに岦斎が表情を引き締《し》めた。

背後の波が不自然に高くなり、大きな泡が次々に浮《う》かんで弾ける音が立てつづけに生じる。

無数の陰気の塊《かたまり》が次から次と水底から上がってくるのが嵬にも感じられた。

『新手か』

「……この子を、人界の、伊勢…海津島に、連れて行ってやってくれ」

くるんでいた衣を丁寧《ていねい》に剝《は》ぎ取り、岦斎は斎の両肩《りょうかた》を摑《つか》んで立ち上がらせた。

「行け。ここは俺が防ぐ。この鴉は神使みたいなものだ、ついて行けばちゃんと帰れる」

それまで唇を引き結んでずっとうつむいていた斎は、のろのろと顔を上げて訝し気に岦斎を見やった。幾《いく》つも涙《なみだ》の痕《あと》が残るやつれた頬《ほほ》は埃《ほこり》で汚《よご》れ、髪《かみ》も乱れて艶《つや》がない。

生気を失うと肌《はだ》も髪もぼろぼろになるよなぁと、つい場違《ばちが》いなことを考えて岦斎は苦笑《くしよう》する。

已《おの》れのしてしまったことに怯《おび》える双眸《そうぼう》に、岦斎は穏《おだ》やかに口を開いた。

「…大丈夫《だいじょうぶ》だ。いいか？」

斎の両肩を掴む岦斎の手に力がこもる。

「自分がやったことをちゃんとわかってて、それを恐《おそ》れる心があるなら、悔《く》やむ心があるなら。どう償《つぐな》えばいいかも、何をすれば贖《あがな》えるのかも、わかるだろう？」

「………」

かすかに震《ふる》えながら無言で岦斎を見返す斎の目から新たな涙がこぼれ落ちる。

「大丈夫。生きてさえいれば、いくらでもやり直しがきくんだよ」

ほら、と岦斎の手が斎を促《うなが》す。心得たように嵬が斎の肩に飛び移り、遥《はる》か彼方《かなた》を翼《つばさ》で示した。

『あちらだ。振《ふ》り返らず走れ』

斎は涙に濡《ぬ》れた瞳《ひとみ》で岦斎と嵬を交互《こうご》に見つめる。逡巡《しゅんじゅん》して動けないのが岦斎には見て取れた。

凄《すさ》まじい陰気が水面《みなも》を割ってあふれ出た。もう時間がない。

「あ！　それと！」

『なんだ！』

ふいに大声を上げる岦斎をいきり立ちながら振り向いた嵬は、目の前に白いものを突《つ》き付けられて反射的に首を引いた。

「これもよろしく。こっちは都の…ええと、稀代《きたい》の大陰陽師《だいおんみょうじ》に渡《わた》せば片がつく、はず！」

手のひらにすっぽり収まるほどの大きさの白い繭《まゆ》だ。それに白い蝶《ちょう》の姿が一瞬《いっしゅん》重なったのを認めて、嵬は目尻《めじり》を吊《つ》り上げた。これはまさか。

『…っ！』

なんということだ。これこそ捜《さが》し求めていた内親王脩子の魂蟲《たまむし》ではないか。

『隠《かく》していたのは貴様かあぁぁぁぁっ！』

猛烈《もうれつ》に怒り出した嵬の気勢に困惑《こんわく》しながら、岦斎はおずおずと頷《うなず》く。

「え…や、まぁ、隠してたっちゃあ隠してたけど…なんでそんなに怒るんだ？」

『我はこの魂蟲を捜すためにここにきたのだ！』

「そうなのか。なら渡せてよかった、重畳《ちょうじょう》重畳。ここでめぐり合えたのもきっと深い縁《えん》あってのこと、そういうことで、この子も頼《たの》む」

立て板に水を流すようにまくし立てた岦斎は、気勢を削がれて絶句している嵬と斎ににやりと笑って一歩下がると、刀印《とういん》で横一文字を描《えが》いた。

「禁！」

岦斎と斎の間に霊力《れいりょく》の障壁《しょうへき》が築かれる。

鬼ははっと息を呑《の》んだ。なんと弱々しい壁《かべ》だろう。こんなもの、鬼が翼を一打ちしただけで簡単に破れてしまう。

ふたりに背を向けた岦斎が肩をすくめるのを見て、鬼は悟《さと》った。この男はもう、鬼と斎とともにここから逃《に》げられるだけの力が残っていないのだ。張りぼてのような障壁を築いて見せたのは、術者を倒《たお》して術を破らなければ斎を追えないと敵に思い込ませるため。

『囮《おとり》になるつもりか…』

ささやかな鬼の呟《つぶや》きに、斎は愕然《がくぜん》と目を瞠《みは》る。

「あ…」

斎が声を上げかけた瞬間《しゅんかん》、飛沫を上げながら躍《おど》り出た無数の鬼が岦斎に襲《おそ》いかかった。

「バン、ウン、タラク、キリク、アク！」

結印した岦斎が叫《さけ》ぶと霊術《れいじゅつ》が炸裂《さくれつ》する。しかし、弱い。鬼たちを撥《は》ね飛ばす程度の効力しか発揮されない。

「おんみょうじ…」

斎が障壁に両手をつく。

「行け！　はやく！」

振り返らず怒号《どごう》する岦斎に斎は悲鳴のように叫ぶ。

「いやだ！　わらわは…っ」

その刹那《せつな》、斎の耳に甦《よみがえ》る声があった。

──俺、もうすぐ帰るけど

「……」

斎は目を瞠った。ずっと忘れていた言葉が、遠い記憶《きおく》の底から湧《わ》き上がって脳裏《のうり》をよぎる。

──どうしてもつらいことがあって、大変になったら

「……ま………ろ…」

魔物の咆哮《ほうこう》が轟《とどろ》く。群がった黒い影《かげ》が斎を圧《お》し潰《つぶ》そうと覆《おお》いかぶさった。

──助けを呼んでいいからね

「…ひろ…っ！」

鬼がぎょっと目を剝《む》く。名はもっとも短い呪《しゅ》だ。こんなところで呼んでしまったら何が起こるかわかったものではない。

『やめよ！　せめて…』

小僧《こぞう》とか、こわっぱとか、半人前とか、安倍の小倅《こせがれ》とか、それから、それから。

『あの陰陽師の孫だ！　稀代の大陰陽師の、孫！』

斎の叫びを掻《か》き消す大音声《だいおんじょう》を張り上げた瞬間、魔物たちが湧き出た水の中から凄まじい霊爆《れいばく》が噴《ふ》き上がった。

水を巻き込んで荒《あ》れ狂《くる》う爆裂《ばくれつ》が魔物たちを叩《たた》き潰し吹《ふ》き飛ばす。

一呼吸分遅《おく》れて盛り上がった水面を割って現れ出たのは、ずぶ濡れの影だった。

「ぶはっ！　苦し…っ」

げほげほと激しくせき込みながらよろよろ水から上がってきた昌浩は、不機嫌《ふきげん》そうに眉を吊り上げて唸《うな》った。

「誰《だれ》か知らないけど孫言うな！　なんだって夢殿《ゆめどの》の最果てまで来て孫言われなきゃいけないんだ、納得《なっとく》いかない！」

『……』

呆気《あっけ》にとられた嵬の眼前に築かれていた障壁の波動がふつりと消えた。ついに岦斎の霊力が尽きたのだ。

折り重なるように覆いかぶさっていた魔物が消えたそこには、かろうじて衣の形を残しているぼろぼろの布を摑んだ岦斎が力なく転がっていた。

嵬がふわりと飛び上がり、昌浩の頭に移動する。

「わっ…と、嵬…」

視線をめぐらせた昌浩は、斎を認めてほっと表情をゆるませてから目を剝いた。

「え、陰陽師殿《おんみょうじどの》!?」

斎がまろぶように駆《か》け寄って岦斎を揺《ゆ》さぶると、かすかにうめいて瞼《まぶた》が震えた。まだ息はある。

のろのろと瞼が上がり、焦点《しょうてん》の合わない瞳はしばらく彷徨《さまよ》ってから昌浩に据《す》えられた。

「……おお…ひさしぶりぃ…」

間の抜《ぬ》けた声に昌浩は脱力《だつりょく》しかけてなんとか踏《ふ》み留《とど》まった。

「久しぶり、て…陰陽師殿、どうしてこんなところに」

困惑する昌浩に、岦斎は半眼で切り返した。

「すごい、はどうした、すごい、は」

「――ふたりとも、急いで人界に帰るよ」

岦斎を黙殺《もくさつ》して斎と嵬を促す昌浩に、自称《じしょう》すごい陰陽師は渋《しぶ》い顔をする。

「ほんとお前あいつの孫だな……」

よいしょと言いながら億劫《おっくう》そうに身を起こした岦斎は、深い息を吐《は》き出して波打ち際《ぎわ》を指さした。

「…おい、あの陰陽師の孫」

「はぁ!?」

反射的にどすの利《き》いた声が出た昌浩に、翼をすくめた嵬がくちばしを開く。

『そう目くじらを立てるな、あの陰陽師の孫よ。ここでは名を呼ばぬのが最良だ』

「………」

不承不承の体《てい》で押し黙《だま》る昌浩に苦笑して、岦斎は淡々《たんたん》とつづけた。

「あの水が黄泉《よみ》と夢殿の境。水底深くに葬列《そうれつ》を通す路がある」

昌浩は表情を引き締めて頷《し》いた。水に濡れたことだけが原因ではないと思《おぼ》しき激しい寒さが昌浩の体に張りついて、風が吹くごとに体温と霊力を奪《うば》っていく。

凄まじい陰気《いんき》が水にも空気にも満ちているのだ。

黒い水面《みなも》にはいまもぼこぼこと大きな泡《あわ》が立ち、弾《はじ》けて飛沫《しぶき》をあげている。

「ここを閉じれば黄泉の鬼《おに》が出てくる路《みち》はすべて断《た》たれる。俺が路を断つから、お前はこの子を連れて人界の伊勢に戻《もど》れ」

昌浩は息を詰《つ》めた。この水底に、黄泉につながる路が。

「…黄泉の…入り口…」

無意識の呟きが昌浩の唇《くちびる》からこぼれた。一瞬《いっしゅん》怪訝《けげん》そうに目をすがめた男は、すぐさま合点《がてん》のいった顔になった。

「……ああ、そうだったな。黄泉の入り口には…」

言いよどんだ岦斎を、はっとした昌浩は泣きそうな目で見返した。

どうしてかはわからないが、このひとはもう知っているのだ。そこに兄の亡骸《なきがら》があることを。

そして、わかっているのだ。水の底にあるという入り口につながる最後の路を閉じたら、もうこの手が届かないのを。

「……生きている者は、あそこには行けないよ」

諭《さと》すというより、幼子に言い聞かせるような声音《こわね》に、昌浩は唇を噛《か》んだ。

岦斎は痛みをこらえるような面持《おもも》ちで昌浩を見つめた。

魂蟲《たまむし》たちが解き放たれてからまださほど経《た》っていない。

それはいうなれば、絶命したのはほんの少し前で、そこまでは生きていたということ。

まだそんなに経っていない。いまならまだ、人界に連れ帰れば息を吹き返すかもしれない。

それが無理だとしても、宿体が無事なら泰山府君《たいざんふくん》祭や反魂《はんごん》の術で黄泉還《よみがえ》らせることも不可能ではないのだ。

そのために、身代わりの命が必要ではあるけれども。

「…………っ…」

激しい葛藤《かっとう》が岦斎に伝わってきた。

昌浩は陰陽師だ。陰陽師だから希望を持てる。陰陽師だから希望を捨てられない。

ぼこっとひときわ激しい音がして泡が弾けた。飛沫が立って波が荒れる。いつしか水面に大きな渦《うず》が生じつつあった。

水底深くに陰気の塊《かたまり》が湧いたのを感じて、岦斎は昌浩の背を軽く叩いた。

「ごめんな、閉じるぞ」

静かに宣告して波打ち際に近づいた岦斎を凝視《ぎょうし》した昌浩は、ふと眉根《まゆね》を寄せた。

岦斎の背がふっと揺れた気がした。それに、呼吸を整える肩《かた》が随分薄《ずいぶんうす》く見える。

昌浩は思い出した。岦斎は死人なのだ。生者である自分より、生気の量が圧倒的《あっとう》に少ない。岦斎をかばいながら黄泉の魔物《まもの》たちと対峙《たいじ》して、果たして彼はどれほどの時間ここにいるのだろう。この、恐《おそ》ろしいほど重く濃密《のうみつ》な陰気のただなかに。

昌浩ですら、ここにいるだけで生気がたちまち削《そ》ぎ落とされていくのを感じているのに。

結印しようとした岦斎の手を、考えるより先に昌浩は摑《つか》んでいた。

「うん？」

「……俺が、やります」

「え」

明らかに戸惑《とまど》っている岦斎に、昌浩はもう一度、力を込めて繰《く》り返した。

「俺が。黄泉への路を、断ちます」

「……少しでも迷いがあるならやめておけ。かすかなほころびもあってはならない」

「迷いも一緒《いっしょ》に、断ちます」

言い切った昌浩の目を見つめた岦斎は、息をついて後ろに下がった。

昌浩を言い含《ふく》めて引き下がらせることはきっとできただろうけれども、あえて思い通りにさせることを岦斎は選んだ。

ここにいない親友だったら、きっとそうするだろうと思ったからだった。

そうさせないといつまでも引きずって、どこかで取り返しのつかない大失態を演じる。

諦《あきら》めて忘れることができないなら、全力で振《ふ》り切るしかない。

あいつは身内に甘いけど身内に手厳しいからなぁと、胸の中で呟《つぶや》く岦斎だ。

ぼこぼこと激しく泡立《あわだ》つ水面を睨《にら》み、昌浩は呼吸を整えた。

以前、次元の隙間《すきま》をこじ開けて別の界への路をつなげたことがある。既《すで》に存在している路を断つのはその逆の要領だ。

水底に開いた別の界への路を断ち切る。黄泉の風を押し返し、通じている穴を完全に塞《ふさ》ぐ。

胸に下がった勾玉《まがたま》を衣《ころも》の上から握《にぎ》り締める。黄泉戸に塞《さや》り坐《ま》す神の力は、これ以上ないほどうってつけだった。

拍手《かしわで》を打ち、手を合わせたまま目を閉じる。

「謹《つつし》んで勧請《かんじよう》奉《たてまつ》る――」

勾玉の放つ波動が激しくなるのを感じながら、昌浩はいつか見た千引磐を思った。

ふたつの界を隔《へだ》てる大磐《おおいわ》。黄泉津比良坂の頂に立ちはだかり、神代《かみよ》から黄泉の軍勢を阻《はば》みつづけ防ぎつづけた神の姿。

路を断つための形代《かたしろ》は、昌浩の記憶《きおく》の中にある千引磐と、道反大神の神気。

湧《わ》いて出ようとしていた黄泉の軍勢が怯《ひる》む姿が脳裏《のうり》をよぎった。刀印《とういん》で四縦五横印を切って黄泉の陰気を押し返す。逆巻く風と鬼たちが彼方《かなた》に追いやられ、水底に数えきれないほど並んだ四縦五横印が封《ふう》を成す。

それらすべてを覆《おお》うほど大きな岩の影《かげ》が水底に沈《しず》み、重い地響《じひび》きを轟《とどろ》かせた。

勾玉に込められていた力がふっと途切《とぎ》れた。

肺が空になるほど深く息を吐いて、昌浩はゆっくりと瞼を上げた。

漆《うるし》を塗《ぬ》りこめたような静寂《せいじゃく》の中で、黒い水がずっと先まで広がっている。完全に凪《な》いだ水面にはさざ波も、泡のひとつもない。

昌浩の心も、その水のように凪いでいた。

いつか、どういう形であれすべてが終結したときに、きっと昌浩は心の底から兄を悼《いた》んで泣くだろう。

思う存分泣いていいときまで、悲しむことも懐《なつ》かしむことも心の底に沈めておく。


——……たのむぞ…


最期《さいご》の声が耳朶《じだ》を掠《かす》めたと思ったのはきっと錯覚《さっかく》。

昌浩は目を細めた。

「……はい」

誰《だれ》にも聞かせない気息だけの応《いら》えに、兄が満足そうに笑った気がした。

10

静寂に満ちた場に、音もなく帰ってきた。

横たえた昌浩と斎の両脇《りょうわき》にたたずんでいた紅蓮と益荒は同時に視線を落とした。

昌浩の瞼《まぶた》が勢いよく跳《は》ね上がり、次いでがばっと起き上がった。

「斎は⁉」

勢い込む昌浩に紅蓮が目で示した。

すぐ横に寝《ね》かされている斎を見て安堵《あんど》する。彼女のやつれた面差《おもざ》しを息をひそめるように窺《うかが》っていると、青白い瞼がかすかに震《ふる》えた。

「斎様…！」

片膝《かたひざ》をついた益荒が振り絞《しぼ》るような声で呼びかけると、斎は緩慢《かんまん》に視線をめぐらせた。

捜《さが》すように、あるいは追うように、あてもなく彷徨《さまよ》った瞳《ひとみ》がやがて焦点《しょうてん》を結ぶ。

「……」

眦《まなじり》から涙《なみだ》が、つ、と流れ落ちた。斎の手が衣の合わせ目を探《さぐ》り、白い繭《まゆ》を抜《ぬ》き出す。

昌浩を見上げた斎は繭を差し出した。昌浩は頷《うなず》くと、繭を受け取って紅蓮を見やる。

「紅蓮、これ、守直殿《どの》の魂蟲で…」

すると、名を呼ばれたことで呪《しゅ》が解けたのか、繭がふっと消えて白い蝶《ちょう》が現れた。開いた翅《はね》に目を閉じた守直の顔が浮《う》かんでいる。

生気が枯渇《こかつ》して弱り切った魂蟲を、無言で差し出された紅蓮の手にのせると、軻遇突智の神気の欠片《かけら》が当たってぱっと散った。ぼろぼろに崩《くず》れかけていた翅が光に縁《ふち》どられて生き生きとしたそれに変わる。張りのある翅が開閉すると、白い蝶はふわりと舞《ま》い上がった。

昌浩はほっとした。これで宿体に戻《もど》せばもう大丈夫《だいじょうぶ》だ。

魂蟲はひらひらと舞い降りて斎の頬《ほほ》すれすれのところに留まる。

守直が斎を案じているのが伝わってきて、熱いものがこみ上げてきた昌浩は胸を押さえた。

「…紅蓮、守直殿を宿体のところに連れて行ってくれ」

「お前は」

訝《いぶか》る神将に、昌浩は柱を見上げながら答えた。

「地御柱の穢《けが》れをまじなう」

そして。

ついと視線を向けると、益荒の手を借りた斎が身を起こすところだった。

ふらつきながらも己《おの》れの足で立ち上がった斎は、青ざめた面持《おもも》ちで地御柱を見上げた。

速く浅い呼吸の斎は、小刻みに震えている。

「斎様……」

気遣《きづか》う益荒に黙《だま》って頭《かぶり》をふり、柱に向かって一歩、また一歩と斎は足を進める。

近づけば近づくほど、恐《おそ》ろしさが斎の胸を締《し》めつけた。

あれほど雄々《おお》しかった地御柱が。神気に満ち満ちていた神が。

乾《かわ》ききった岩肌《いわはだ》があちこちひび割れて崩れ出しているその様は、まるでただの岩壁《いわかべ》のよう。

斎は激しい眩暈《めまい》に襲《おそ》われた。

このようにしてしまったのは自分だ。黄泉《よみ》の魔物《まもの》にたぶらかされて、祈《いの》りではなく呪《のろ》いを放った自分が、国之常立神をこのような、見るも無残な変わり果てた姿にしてしまった。

神への祈りを捧《ささ》げる玉依姫《ひめ》が。先代からその役目を受け継《つ》いだ自分が。

「………」

斎は魂の底から慄《おのの》いていた。

神は許してくれるだろうか。罪深きこの身がそばに寄ることを。そして祈りを捧げることを。

祈りを捧げる玉依姫でありながら、あろうことか神を呪ってしまった愚《おろ》かな我が身を。

否《いな》。否。否。愚か者。許されるはずがない。穢れたこの身に、もう祈る資格などない。

頂辺《てへん》の見えない柱を仰《あお》いだ斎は、突然《とつぜん》動けなくなった。傲然《ごうぜん》と見下ろされているのを感じて、畏《おそ》れのあまり身がすくむ。

せめて、一刻も早い断罪を。神よ、この命で贖《あがな》うことへの許しを、どうか――。

「――――……！」

棒立ちになった斎に駆《か》け寄ろうとした益荒を、昌浩の腕《うで》が阻んだ。

「紅蓮、頼《たの》む」

守直の魂蟲《たまむし》を一瞥《いちべつ》してみせると、神将は納得《なっとく》のいかない目をしながらも、白い蝶を手のひらにくるむようにして地上に向かってくれた。

昌浩は益荒に、任せてくれと目で訴《うった》えて、慎重《しんちょう》に歩を進めた。

斎の傍《かたわ》らに立って、震えの止まらない小さな肩《かた》にそっと手を置く。すると、昌浩がぎょっとするほど激しく斎の肩が跳ねた。

昌浩は知っている。彼女が夢殿で何をしてしまったのか。

いったいどれほど傷ついただろう。どんなに激しく己れを責め苛《さいな》んでいることだろう。

それを思うだけで昌浩の胸は、どうしようもないくらいに痛くなる。

昔、昌浩は斎に言ったのだ。どうしてもつらいことがあって、大変になったら、助けを呼んでいいからね、と。

同調して斎の魂魄《こんぱく》を追っていたとき、昌浩は確かに聴《き》いたのである。自分を呼ぶ声を。助けを求める悲痛な声を。

昌浩は地御柱を見上げながら口を開いた。

「……穢れを落とすのは、陰陽師《おんみょうじ》の役目だ」

強張《こわば》った顔で昌浩を一瞥した斎は、ふと、唇《くちびる》を震わせた。

告げられた「穢れ」は、果たして、誰の。

地御柱を見上げている昌浩の、斎の肩に添《そ》えられた手からあたたかいものが伝わってきた。

そのあたたかさは、己れの罪に臆《おく》する斎の、すくむ心のすべてを支えてくれているようにも感じられた。

「穢れを祓《はら》う。そうしたら、祈りを」

昌浩の手が斎の肩からそっと離《はな》れる。

斎より一歩前に出た昌浩は、拍手《かしわで》を二度響《ひび》かせた。

静寂《せいじゃく》を切り裂《さ》くような音が木霊《こだま》してどこまでも広がっていく。

それまで場を満たしていた死のような静けさが、拍手の音で打ち祓われたのを益荒は感じた。

手を合わせた昌浩は瞼を閉じた。

確かなことはわからないが、この場を陰《いん》に染めた黄泉の魔物は、空間を歪《ゆが》ませる羽音を呪に使ったのではないだろうか。

黒蟲《くろむし》の羽音はいびつな調べにも似て、心に不穏《ふおん》なものを掻《か》き立て陰に傾《かたむ》ける。

人の心はささいなきっかけひとつで容易《たやす》く囚《とら》われ、陰に染まる。妬《ねた》ましさ、寂《さび》しさ、悲しみ、怒《いか》り、憎《にく》しみ。誰もが持っているそれが極端《きょくたん》に膨《ふく》れ上がっていびつに育つと、いつしか自分でも止められなくなってしまうものなのだ。

陰の想《おも》いは呪いに変わり、陽の想いは祈りを出《い》だす。

言葉も同じだ。昌浩の脳裏《のうり》に浮かんでいたのは、黄泉の女が口ずさんだ数え歌だった。

あの歌が連れてきた葬列《そうれつ》。斎はあの葬列に囚われて、黄泉へ歩みながら呪いを放ったという。

ならば、それをほどくための唄《うた》を。

遥《はる》か遠くで雷鳴《らいめい》が轟《とどろ》くのが聞こえた。海津島を覆《おお》う黒雲を切り裂くような赤い雷《いかずち》だろう。

雷が怒《おこ》っている。やめろと猛《たけ》り狂《くる》っている。だから、昌浩は絶対にここでは止まらない。

神代《かみよ》において、黄泉に降りた伊奘冉の死体から八雷神が生まれたという。

雷。厳霊《いかづち》。たけだけしく恐ろしい魔物。陰の神は鬼《おに》ともいう。あれこそ黄泉の鬼。

黒蟲に覆われた地御柱。陰の神に憑依《ひょうい》された斎。

穢されたなら穢れを落とす。柱をまじない玉依姫をまじなう。

「――諸々《もろもろ》の悲しみ、苦しきこと、うら寂《さび》し…」

斎は目を見開いた。天《あめ》の数唄。陰陽師の唱えるそれは、消えかけた命を引き戻し、振《ふ》るわせるほどの力を持っているという。

恐れ慄き、打ちのめされてすくんでいた心が、唄に突《つ》き動かされるようにどうしようもなく震えるのを斎は感じた。

いつの間にか斎は、はらはらと涙をこぼしていた。なぜ涙が止まらないのかわからない。懸《けん》命《めい》に堪《こら》えようとしても、堪えきれずに次から次とあふれ落ちる。

「…………っ……」

涙《なみだ》が流れるほどに、まるで禊《みそぎ》をしているように胸の内が凪《な》いでいくのを感じた。ずっと冷たく凍《い》てついていたものがとけて、斎の中から流れ出ていくのだ。

昌浩の口ずさむ数唄の放つ言霊《ことだま》が、すみずみまで響き渡《わた》る。地御柱に、斎の心に、厳《おごそ》かな唄が染《し》みていく。

「……ふるべ、ゆらゆらと」

唄が、終わった。

その刹那《せつな》。

ただの岩のようだった地御柱が、かすかな光を発した。

◆　◆　◆

竹三条宮の母屋《おもや》を囲む廂《ひさし》の間に端座《たんざ》していた昌親は、ふと眉根《まゆね》を寄せた。

十二神将勾陣が突如《とつじょ》として傍らに顕現《けんげん》する。

「こ…」

口を開きかけた途端《とたん》、視界が真っ赤に染まって激しい耳鳴りに襲われた。

「わ…っ…」

耳をふさいでうめいた昌親は、耳の奥にわんわんと反響《はんきょう》する音に眉《まゆ》をひそめながら辺りを見回した。これは次元の狭間《はざま》が開くときに起こる現象だ。

しばらく堪えていると、徐々《じょじょ》に耳鳴りが治まって視界も元《もど》に戻っていった。

「おじい様、いま…」

御簾《みす》を上げ、声をひそめて御帳台《みちょうだい》の傍らにいる祖父に呼びかけた昌親は、母屋の空気が渦巻《うずま》いていることに気づいた。

「おじい様っ」

次元の狭間が開いたのは母屋の中だったのだ。慌《あわ》てて祖父に駆け寄ろうとした昌親は、室《へや》の中央にあたる場所がぐにゃりとひしゃげたのを見て思わず足を止めた。

別の界の風がぶつかり合ってうねる。煽《あお》られた几帳《きちょう》と屏風《びょうぶ》が倒《たお》れかけたが、事前に察知して回り込んでいた勾陣が支えて事なきを得た。

小さな竜巻《たつまき》めいたものが徐々に治まると、次元の狭間が開いていた場所に小さな黒い影《かげ》が出現していた。

昌親は目を見開いた。鴉《からす》の天地が逆になっていて、足《あ》掻《が》くように翼《つばさ》をばたつかせている。

「嵬、殿《どの》…！」

黒い鴉はぐんと回転し、晴明の膝《ひざ》の前に着地した。

端座していた晴明は、驚《おどろ》きつつも冷静に口を開いた。

「鬼殿、ご無事で…」

『ふう。うむ、戻ったぞ』

大儀《たいぎ》そうに応じた鴉は、くちばしをのけぞらせた。

晴明は瞬《まばた》きをした。鴉の首に、小さな楕円《だえん》形のものが白い糸で巻きつけられている。

「それは…」

晴明はふっと息を呑《の》んだ。

音もなく糸がほどけて霧散《むさん》する。白い楕円形のものが糸と同じ色の小さな繭《まゆ》だと気づき、晴明ははっと目を瞠《みは》った。

覚えのある波動が崩《くず》れながら散っていく。それはもうずっと昔に失われてしまったはずの、面倒《めんどう》ごとばかり持ちこんできたはた迷惑《めいわく》な男の霊力《れいりょく》に、違《ちが》いなかった。

――晴明、受け取れ…！

ぼろぼろの黒い布を被《かず》いた、力を使い果たして情けないくらいよろよろの男が一瞬《いっしゅん》見えた。

残る力すべてを振り絞《しぼ》ったのだと、直感した。

思わずのばした晴明の手に、光を放つ白い蝶《ちょう》がふわりと飛び込んできた。

「……………」

老人は、放心したような面持《おもも》ちで魂蟲《たまむし》を見つめた。白い翅《はね》をゆるやかに開閉させる蝶は、ひどく弱っているのか、ともするとぱたんと倒れて晴明の手から落ちそうだ。

「おじい様、これを」

横合いから昌親が差し出してきたのは、軻遇突智の焰《ほのお》の欠片《かけら》を入れ込んだ星の籠《かご》だ。

籠をそっとかざすと、枠《わく》が崩れて燐光《りんこう》がぱっと散り、魂蟲に降り注いだ。

蝶の脚《あし》が震《ふる》えた。翅に張りが出て、白い輝《かがや》きが強くなる。開いた翅に浮《う》かぶ面差《おもざ》しが濃《こ》さを増し、閉じていた瞼《まぶた》が震えておもむろに開いていった。

魂蟲は晴明の手を蹴《け》ってふわっと舞《ま》い上がると、御帳台の中にすっと飛び込んだ。

茵《しとね》に横臥《おうが》した宿体の上を旋回《せんかい》する白い蝶は、なぜか一定の高さまで降りると翅をはばたかせて舞い上がる。何度もそれを繰《く》り返し、やがて蝶は困惑《こんわく》したようにふらふら飛びながら、晴明を窺《うかが》うようにちらちらと目を向けてくるようになった。

晴明と昌親は胡乱《うろん》気に顔を見かわした。

「これは…どうしたんでしょう」

困惑する昌親の言葉に、一連を見ていた嵬が眉をひそめる。

『戻りたいのに戻れない、のではないのか？』

「それは…なぜ」

『我に訊《き》くな』

むすりとくちばしを閉じる鴉の傍《かたわ》らで、晴明は思慮《しりょ》深い目をした。

「……昌親。星の籠はまだ残っているか？」

「あ、はい。まだかなり」

残りすべてを差し出すと、晴明は籠をひとつ取って横たわる脩子の宿体にかざした。

すると、崩れた星から散った燐光が脩子に吸い込まれ、御帳台の中に澱《よど》んでいた冷たい空気を瞬時《しゅんじ》に吹《ふ》き飛ばした。

「——……」

それまでぴくりとも動かなかった脩子の瞼が僅《わず》かに震えた。

息をひそめる昌親と晴明の前で、嵬が突然《とつぜん》全身の羽毛《うもう》を逆立てる。

『おお…！』

鴉はがばっと身を翻《ひるがえ》した。

『いま、姫《ひめ》が御身《おんみ》に戻られた！』

叫《さけ》ぶが早いか、嵬は母屋を文字どおり飛び出すと、降り注ぐ激しい雨を撥《は》ね飛ばしながら、黒雲に覆われた空をまっしぐらに翔《か》けていった。

さしもの晴明もそれを唖然《あぜん》と見送り、しばらくしてぽつりと言った。

「……風音殿《どの》が、宿体に戻った、と…言っておったか…？」

応じたのは勾陣だ。

「ああ。そういう手合いのことを言っていた」

嵬の意気に呑まれていた昌親は、御帳台に視線を戻してはっとした。

「おじい様、蝶がいません！」

色を失った声に慌てて振《ふ》り返った晴明は、魂蟲が消えた代わりのように、脩子の体が瑞々《みずみず》しい生命力にあふれていることに気がついた。

「これは…」

ふたりの陰陽師《おんみょうじ》が見つめていると、脩子はふいに大きく息を吸い込んだ。それまで僅かに上下しているだけだった胸元《むなもと》が盛り上がる。何度も深く息を吸い込んでは吐《は》き出してを繰り返し、そのたびに紙のように白かった頬《ほほ》や額に赤みがさしていく。

そうして何度目かの呼吸のあとで、脩子は突然《とつぜん》咳《せき》き込んだ。

晴明と昌親はひやりとして身構えた。病の咳か。

しかし、何度か咳き込んで、喉《のど》の奥に詰《つ》まっていた何かを吐き出してしまうと、脩子の呼吸は落ちついた。

人の体に神の陽気が馴染《なじ》むには、相当の時間がかかるのかもしれない。

息を殺すようにして脩子を凝視《ぎょうし》していた晴明は、唐突《とうとつ》に瞬きをした。

「……雨音が…やんだ…？」

「え？」

訊き返した昌親は、即座《そくざ》に腰《こし》を浮かせて簀子《すのこ》に出る。

軒下《のきした》から暗い空を見上げた昌親は、あっと声を上げた。

まだ暗い。やや暗い。しかし、あれほど厚い雲が立ち込めて夜のように暗かった空のあちこちに、うっすらと明るい箇所《かしょ》が見受けられるではないか。

そして何より、降っているのは絹糸のような霧雨《きりさめ》だ。その雨足も少しずつ弱まっているのがはっきりと感じられる。

瞬きもせずに空を見上げていた昌親は唐突に、いま何刻頃かと思った。

皐月《さつき》半ばの夜明けは大体寅《とら》の刻半だ。

それよりはだいぶ過ぎているという体感がある。おそらくいまは卯《う》の刻、半ばになったか、ならないか。いずれにしても夜はとうに明けて陽《ひ》が昇《のぼ》っているはず。

昌親は東の空を凝視した。あんなに激しかった雨はもはや、降るというより散っている程度。

少しずつ少しずつ、東の空にかかる雲が薄《うす》くなっていくのがはっきりと見える。

いつの間にか高欄《こうらん》を摑《つか》む昌親の手に力がこもっていた。肩《かた》も腕《うで》も緊張《きんちょう》して、知らないうちに息を詰めていた。

空を凝視していた昌親の目が、大きく開かれる。

東の空に雲間が見えた。雲を押し割るように開いたそこから金の光芒《こうぼう》がさあっと降り注いだ。

「……！」

そのとき昌親は、はっきりと感じた。現世《うつしよ》に、天照大御神の神威《しんい》が戻《もど》ってきた、と。

「……兄上…っ」

高欄を摑んだ手を震わせながら発したくぐもったうめきは、誰《だれ》にも聞かれることはなかった。


一方、脩子の様子を窺《うかが》っていた晴明は、神の陽気が放つあたたかな波動を感じていた。

晴明は思う。高龗神が十二神将騰蛇に打ち降ろしたという軻遇突智の焰。もしやそれは、完全に力を失う前に貴船の祭神が打って出た、一種の賭《か》けだったのではないだろうか。

紅蓮は軻遇突智の焰に呑まれることなくかろうじて抑《おさ》え込んだ。完全ではないにしても、天津神の神通力をなんとか掌握《しょうあく》した。高龗神は、賭けに勝ったのだ。

「……軻遇突智神は、伊奘冉尊を神葬《かむはぶ》らせた…」

もしかしたら、成就間際《じょうじゅまぎわ》の呪言《のろい》を阻《はば》む、起死回生の一手になりうるかもしれない。

「……っ…」

吐息《といき》が耳朶《じだ》を打ち、晴明は息を呑《の》んだ。

横たわった脩子の瞼が動き、ゆっくりと開かれていく。

「…………」

ぼんやりと泳いでいた瞳《ひとみ》はやがて傍らの老人を見つけた。焦点《しょうてん》の結ばれた双眸《そうぼう》に光が点《とも》る。

「……せい、めい…」

掠《かす》れた声が、晴明の胸を熱く震わせる。この声を、失わずにすんだのだ。

「…、はい」

発した返答が揺《ゆ》れていたことに、老人は気づかないふりをした。

「…わた…し…かえっ…て…きた…わ……」

どこから、と、脩子は告げなかった。告げられなくても晴明には察せられた。

老人を見つめる脩子の瞳が揺れて、眦《まなじり》に涙《なみだ》が伝う。

「…せいめ…も…いい…から……」

ずっと使っていなかった喉がうまく動かないのか、脩子は苦しそうに言葉を紡《つむ》ぐ。

「………」

気息だけで音にならないのを、晴明は唇《くちびる》の動きで読み取った。

もう、私は大丈夫《だいじょうぶ》だから。お父様を、お願い。お父様を、お父様の心を、救って差し上げて。

黄泉《よみ》の入り口で。おどみの殿《あらか》で。夢殿の最果てで。脩子は恐《おそ》ろしいものを見てきた。

あまりにも恐ろしくて、きっといつか忘れてしまうだろうけれども、いまはまだすべてを覚えている。

「……おね…がい…せい…めい……みんなを…たす…け…て……！」

亡《な》くした者に囚《とら》われた心が、亡くした者を黄泉還《よみがえ》らせる。

あまりにも切なるその願いは、しかし、この世の条理を外れている。

脩子は涙をこぼしながら、力の入らない手を差しのべてきた。

晴明はその手を取って、両手で包むように優《やさ》しく握《にぎ》った。

「姫宮様、しかと承《うけたまわ》りました。ですが…」

老人は困ったように目を細めた。

「この晴明、ちと歳を取りすぎました。……あとは、我が後継《こうけい》に、託《たく》します」

それが誰を指しているのか、脩子にはすぐにわかった。

「……晴明…、わたし…見る目…あるでしょう…？」

脩子はようやくそれだけ絞《しぼ》り出すと泣き笑いの顔になった。

虚《きょ》をつかれた老人は脩子をまじまじと見やった。

そういえばそうだった。脩子は昌浩を、自分の宮付きの、帝《みかど》の一の姫お抱《かか》えの陰陽師として

いたのである。

「……はい。感服申し上げます」

◆　◆　◆

よろり、よろりと。

いまにも倒《たお》れそうになりながら、榎岦斎は足を運んでいた。

「……ったびれ、た……」

何度目かもう忘れてしまった台詞《せりふ》を呟《つぶや》いて、胸が空っぽになるくらい息を吐き出す。吐き出せば楽になるような気がするのに、実際は体の重さが増していくのだ。

少し進んでは足を止め、息をついてまた歩き出し、また少し進んで立ち止まる。

その繰《く》り返しで、もう時間の感覚がどこかにいってしまっている岦斎だった。

「……どこに、行くんだったっけ……？」

熱に浮《う》かされたような心持ちで辺りを見回すと、涼《すず》しい風が吹《ふ》いて頬をさらっと撫《な》でた。

清々《すがすが》しい風は、川縁《かわべり》から吹いてくるものだ。

「……ああ、川だ」

そうだったそうだった。川を目ざしていたのだ。限られたものだけが渡《わた》れる、境界の川を。

岦斎はまだ渡れないのだが。いや、違《ちが》った。一度渡って、向こうについてから川に叩《たた》き落とされたのだ。

あれは随分《ずいぶん》昔のことだった。なのに、いまでもあの水の冷たさをはっきり思い出すことができる。それはもう冷たくて、冷たいよりなによりおっかなかった。

「うん、そうだった…」

頷《うなず》きながら足を運んでいくうちに、水のせせらぎが耳に届くようになっていた。

まだ川までは随分距離《ずいぶんきょり》があるのだが、ここは本当に静かで、遠くの音がよく響《ひび》く。

本当に静かで、おまけに暗い。だから、あの川岸で待ちつづけている彼女はいつも緊張して、ほんの少しの物音にも慄《おのの》いている。

ひとりで大丈夫か心配なので、気づかれないように様子を見ていることは内緒《ないしょ》だ。

「……」

こんなことを考えていたら、岦斎は苦笑《くしょう》していた。自分が情けなくて、笑うしかないのだ。

結局、冥官《めいかん》の命をひとりで遂行《すいこう》することはできなかった。

道反《ちがえし》の守護妖《よう》と親友の孫がいてくれたおかげでどうにかこうにかなんとかできたが、もしひとりだったら最悪の事態に陥《おちい》っていたに違いない。

「ああ…また怒《おこ》られるんだ…」

想像するだけで肩が重くなる。どんな罵詈《ばり》雑言《ぞうごん》で心をざくざくえぐられるんだろう。

「慣れないよなぁ」

冥官の言葉に悪意がないのだけが救いだ。見事としか言いようのない切れ味鋭《するど》い言刃《ことば》の数々は、その実どれもこれも核心《かくしん》を衝《つ》いていて、容赦《ようしゃ》がない代わりにあとを引かない。

突き刺《さ》さって痛いけれども。

暗い面持《おももち》ちのまま、よろよろからとぼとぼという表現が相応《ふさわ》しい足取りに変わる。

被《かず》いた衣《ころも》は、原形は衣だった、という有様で、かろうじて被けるだけの面積が残っている襤《ぼ》褸《ろ》と化している。

「こいつのおかげでなんとか助かった…」

これがなかったら、あの陰気《いんき》そのものの最果てからここまで戻ってくることはできなかっただろう。さすが冥官からの支給品。

こんな襤褸切れにしてしまったことを怒られるかもしれないが、それはもう仕方がない。

「はぁ…」

足を止めて深々と息を吐《は》き出した岦斎の耳朶を、低い声が打った。

「疲《つか》れたか」

「ひゃあっ！」

文字通り飛びあがっておよそ三尺飛び退《すさ》った岦斎は、いきなり視界に入った冥官の後ろ姿に本気で慄いた。

「あ…官吏《かんり》殿《どの》」

とっくに死んでいるのに心臓がばくばくしている気がする岦斎である。

背を向けたままの冥官はどうやら腕《うで》を組んでいるらしい。

「首尾《しゅび》は」

不機嫌《ふきげん》そうな唸《うな》りに、岦斎は背筋をのばした。

「えー、予想外の戦力を得まして、玉依姫《ひめ》は海津島に無事に戻《もど》りました。あと、行きがかりで内親王も人界に帰れました。内親王は…本当に偶然《ぐうぜん》…、なんですかねぇ？」

自分の言葉に首をひねる岦斎である。

陰陽師《おんみょうじ》が岩戸を開いて解き放たれた白い魂蟲《たまむし》が、夢殿《ゆめどの》という特異な場所に本来いるはずのない陰陽師の前に現れた。そして、不思議なめぐりあわせでやってきた陰陽師の助けで窮地《きゅうち》を脱《だっ》し、人界の陰陽師の許《もと》に送られた。

「運命…、宿命…？」

なんとはなしに紡ぐと、冥官は相変わらず背を向けたまま呆《あき》れたように肩《かた》をすくめる。

その背を見つめて、岦斎は苦笑した。

ほらやっぱりな。わかってるんだよ。最初から、昔からそうだった。期待したら負けだ。どんなに尽力《じんりょく》しても、命がけで任務を果たしても、この御仁《ごじん》が部下にほんのちょっとでも誉《ほ》め言葉なんてかけるわけがないんだ。

夢殿でぐるぐる渦巻《うずま》いた悲しい気持ちを思い出し、岦斎は泣き笑いするしかない。

風上から清々しい風が吹いてきた。岦斎は目を細めてそれを頬《ほほ》に感じる。

それにしてもくたびれた。かつてないほど疲れて、いま猛烈《もうれつ》に眠《ねむ》くて仕方がない。気を抜《ぬ》いたらこのまま倒れそうだ。

しかし、そんな無様な真似《まね》をしようものならあとが怖《こわ》い。せめて冥官がここからいなくなるまでは、なんとかして踏《ふ》ん張らないと。

だが、気力を総動員しても、岦斎の瞼《まぶた》は鉛《なまり》のような重さで一気に落ちそうになる。まずい。

「………………」

眠気に加えて頭の芯《しん》がくらくらしはじめた。疲労困憊《ひろうこんぱい》、というより、完全に過労だ。

もうここで倒れて放置されても仕方がないなと腹を括《くく》ったとき、冥官が唐突《とうとつ》に言った。

「――榎岦斎」

半ば朦朧《もうろう》としていた岦斎は、何を言われたのか理解するまで少し時間がかかった。

「……はい？」

我ながら、とことん胡乱《うろん》気な尻上《しりあ》がりの声になったと、一瞬遅《いっしゅんおく》れて気づきさあっと青ざめた。

そしてそれ以上に、絶句するほど驚《おどろ》いた。

岦斎が死んで、冥官の部下としてこき使われるようになってから幾星霜《いくせいそう》。この男が岦斎の名前を呼んだことは、なかったはず。

「………………」

向けられたままの背を見つめていた峕斎は、ふいに、形容しがたいざわめきを覚えた。

あれ。なんだろう。なんだか、ええと。期待したらだめだ、そう胸に刻んで——。

なのに、ひとつの予感がして、峕斎は唇《くちびる》を引き結ぶ。

峕斎に背を向けたまま、冥官は抑揚《よくよう》のない語気でつづる。

「よくやった」

「………」

絶対聞き逃《のが》さないよう耳に全神経を集中させていた峕斎は、肩の力が抜けたのを自覚した。

瞼が熱くなって視界が揺《ゆ》れている。鼻がつんとして喉《のど》が詰《つ》まった。

ああ、ひどい眩暈《めまい》がする。膝《ひざ》の力が抜ける。もう立っていられそうにない。

でも、くずおれる前に聞けて良かった。

この御仁の部下で自分は本当に運が良かったんだと思う。本人には絶対に言わないが。

峕斎は、堪《こら》えきれなくなって目を閉じた。

「………——」


背後で、布が落ちる音がした。

暗闇《くらやみ》の彼方《かなた》にある川のほうを眺《なが》めていた冥府《めいふ》の官吏《かんり》は、ついと目を細めて静かに身を翻《ひるがえ》した。

襤褸切れと化した冥府の衣が落ちている。衣だけが、落ちている。

それまでそこにいたはずの男は、もうどこにもいなかった。

腰《こし》をかがめて衣を拾い上げると、冥官《めいかん》は瞬《まばた》きをした。

――何に替《か》えても、いかなる犠牲《ぎせい》を払《はら》っても、玉依姫を取り戻せ

相手が相手だ。我ながら実に酷薄《こくはく》な指令だったという自覚は一応ある。

しかし、彼には勝算があった。

ほかの何者かならだめだったかもしれないが、冥官が長年徹底的《てってい》にしごいてきたあの男なら、必ずやり遂《と》げるだろうという確信を持っていた。

果たして冥官の期待どおり榎岦斎はやり遂げた。本人は期待されているなどと、微塵《みじん》も思っていなかっただろうが。

自身の力だけではないと謙遜《けんそん》していたが、道反の守護妖も安倍昌浩も、岦斎自身が引き寄せた命運にほかならない。

死者となって川を渡《わた》ってきた岦斎は、狂《くる》おしいほどに悔《く》いていた。凄《すさ》まじい罪を犯《おか》した彼が償《つぐな》いきるためには、これほどに長い時間と重い働きが必要だった。

冥官に命じられて岦斎がやってきたことはすべて、自身の咎《とが》を贖《あがな》うための禊《みそぎ》だったと言っていい。

襤褸切れと化した衣についた埃《ほこり》を払おうとした冥官は、思案する顔で手を止めた。

少し負荷《ふか》をかけただけで崩《くず》れて消える。ここまで姿を保てていたことが奇跡《きせき》だ。

それだけの役を課せられたにもかかわらず、あの男は見事にまっとうした。

「……しばらくは、手が足りなくなるな」

ふと、郷愁《きょうしゅう》めいたものが冥官の胸に去来した。

彼には昔、冥府から与《あた》えられた手足になるものたちがいた。かつて宿命を受け入れた際に、彼はそれらを手放したのである。何も負わせないために。しかし、
それらはみな、望みをかなえて願いを果たして、満ち足りて消えていったと聞いている。

以来、よほどのことがない限り直属の部下を抱《かか》えることはしていない。

榎笠斎のような、罪を贖わせるだけの価値ある存在は、ごくごく稀《まれ》だ。

「次が来るのはいつになるやら」

困ったものだと言外ににじませて、冥官は静かに踵《きびす》を返した。

◆　◆　◆

青ざめた斎は小さく震《ふる》えながら地御柱を見上げていた。

陰陽師の唄《うた》は、穢《けが》れを落とすことに成功した。ただの岩壁《いわかべ》のようになり果てていた地御柱は、再び力がみなぎるのを待っているように、雄々《おお》しさを取り戻しつつある。

「斎…」

遠慮《えんりょ》がちな呼びかけに、斎は強張《こわば》った面持《おもも》ちでぎくしゃくと頷《うなず》いた。

まじないは、穢れを祓《はら》うためのもの。地御柱を元に戻すのは、祈《いの》りだ。

斎は両手を掲《かか》げた。腕の筋肉が硬直《こうちょく》している。のばした指すべてがみっともなく震えて、自分でもわかるほど冷たくなっている。

こんなに恐《おそ》ろしいのは初めてだ。

先代の玉依姫が光となって消えたときも恐ろしかったが、ここまでではなかった。

斎は目を閉じて、喉の奥に力を込めた。

「……神…」

天に在る天御中主神。地に在る国之常立神。

この世界を、この国を、支え、守る、ふた柱の神よ。祈りよ届け。

罪深きこの命とこの身を捧《ささ》げ、玉依姫の役を返す代わりに、どうか聞き届けたまえ。

斎の周囲からすべての音が消え、気配が遠のいた。

眩《まばゆ》いばかりの光の中にひとりで立ち、心のすべてを傾《かたむ》けて、全霊《ぜんれい》を注いで、祈りつづける。

無心に祈る斎の脳裏《のうり》に、厳《おごそ》かな言霊《ことだま》が落ちてきた。

祈りとは、己《おの》れ以外のなにものかのためのもの。

己れのための想《おも》いは祈りに非《あら》ず。己れのためは、欲《よく》にほかならぬ。

欲はいつか禍《わざわい》を招く。

神に向けるのは祈りでなければならぬ。祈りのみがこの神に届くのだ。


「……」


閉じた瞼の間から涙《なみだ》がこぼれた。

神の声が降りてくる。神はまだ、罪深き者の声を拾ってくださる。

のばした手の先に風を感じる。途絶《とだ》えていた神気のうねりが、厳かに湧《わ》き出ようとしている。

白い光が瞼を突《つ》き抜けて視界を染めた。

天と地に清浄《せいじょう》な気が満ちる。陰の気を押し流す神気の脈動が生じて世界中に広がっていく。

もう大丈夫《だいじょうぶ》。神はここにおられる。

ほっとした瞬間《しゅんかん》、斎は軽い目眩《めまい》を覚えた。足元が覚束《おぼつか》ない。宙に浮《う》いているようにふわふわとしている。内にこもっていた熱が上がってきて、意識を呑《の》み込もうとしているかのようだ。

斎はほうと息を吐《は》いた。

この身を、この命を、受け取ってくださるのだろう。

玉依姫《ひめ》の役を返上し、ここですべてを終わらせることを許してくださったのに違《ちが》いない。

これまで感じたことのない安堵《あんど》が斎の胸を満たしていた。

神に祈りを捧げる重責は、それに相応《ふさわ》しい新たな器《うつわ》が継《つ》ぐのだ。

「……………」

掲げた指に何かが触《ふ》れたのは、そのときだった。

あたたかくて柔《やわ》らかいものが斎の両手に触れ、そっと包み込む。爽《さわ》やかな芳香《ほうこう》が鼻先をくすぐる。

斎はそれに、覚えがあった。

「……」

驚《おどろ》いて息を呑んだ斎の肩《かた》が小さく震え出した。

涼《すず》やかで甘い香《かお》り。海津島に咲《さ》く花の香《か》。花によく似た、懐《なつ》かしい香り。

まさかという思いを斎は懸命《けんめい》に打ち消した。信じられなかった。信じてはいけないと思った。

騙《だま》されたのを忘れたのか。惑《まど》わされたのを忘れたのか。その姿に、その声に。

けれども。――羽音とともに現れたまがいの形代《かたしろ》は、花の香を漂《ただよ》わせてはいなかった。

そして何よりも、神の神威《しんい》そのものである光の中に、悪《あ》しきものが立てるわけがない。

まさか。まさか。嘘《うそ》だ。でも。もしかして。

失われたのではなく。光となって、光として、ずっとそこに在ったのだと、したら――。

「……、…！」

斎は勇気を振《ふ》り絞《しぼ》って目を開けた。眩《まぶ》しさが目を射る。すくみそうになった体に力を込めて背筋をのばす。

すぐ目の前に、掲げた斎の手を握《にぎ》る白い影《かげ》がたたずんでいた。

光をまとい、光を放つ朧《おぼろ》な輪郭《りんかく》が、懐かしい眼差《まなざ》しが、斎を優《やさ》しく見つめていた。

光の柱の中に在るその姿。会いたくて、ただ会いたくて、狂おしいほど会いたくて。

光になって消えたから、失われてしまったのだと思っていたために、これまで気づくことができなかった。

「……か…さま…！」

母はずっと光の中に、祈りの中にいたのだ。祈るとき、玉依姫はいつも斎のそばにいたのだ。

玉依姫とともに光の柱を見上げた斎は、涙に濡《ぬ》れた目で微笑《ほほえ》んだ。

神威そのものである美しい光に満たされて、もう何も思い残すことはなかった。

◆　◆　◆

11

いつぶりか忘れてしまうくらい、ずっと雨がつづいていたのだ。

竹三条宮に仕える女房《にょうぼう》は、雲間から都に降りる光芒《こうぼう》を飽《あ》きることなく見つめていた。

陽《ひ》の光というのは、こんなにも美しく眩しいものだったのか。

「姫宮様も、目を覚まされたし……」

薬師《くすし》の見立てによれば、長患《ながわずら》いで体は弱っているものの、もう心配することはないという。

命の危《あや》うかった脩子が辛《から》くも持ち直したことで竹三条宮はにわかに活気を取り戻《もど》していた。

不思議なもので、どんなに衣《ころも》を重ねても、火桶《ひおけ》を置いても寒くてたまらなかった宮全体が、ほっとするようなあたたかさに包まれているようにすら感じるのだ。

「姫宮様は、太陽のような方なのだわ」

宮の主《あるじ》というだけではない。彼女の存在そのものが心に光を灯《とも》してくれるような稀有《けう》な存在。

もちろんそれは、彼女が脩子を慕《した》っているからそう感じているだけなのかもしれないが。

口にしやすくて滋養《じよう》があって消化のよいものを用意しようと、厨《くりや》に足を向ける。

命婦《みょうぶ》やほかの女房、家人や雑色《ぞうしき》たちは、まだ病が重くそれぞれの局《つぼね》にこもっているが、脩子が目を覚ましたとの報には涙を流して喜んでいた。

渡殿《わたどの》に向かう角を曲がろうとした女房は、突然《とつぜん》出てきた同僚《どうりょう》にぶつかった。

「あっ」

「ごめんなさい」

項垂《うなだ》れて詫《わ》びてくる女に、いいのよ気をつけてと返し、そのまま通り過ぎる。

仕方がない。嬉《うれ》しくて、みんなきっと気もそぞろなのだ。

「……」

それまで鼻歌を歌いたいくらい高揚《こうよう》していた気持ちがなぜか萎《な》えていることに、女はふと気がついた。

どうしてだろうと考えて、さっきぶつかってからだと思い至る。ちょっと痛かった。それに。

「…いやに陰気《いんき》な声だった、から…」

雨に濡れた渡殿の途中《とちゅう》で、女房は突然足を止めた。

「……え？」

目をしばたたかせて振り返る。簀子《すのこ》に女の影はない。

「いま…の…」

呟《つぶや》く女房の面持ちから血の気が引いていく。

「……え…」

先ほどぶつかった女房は、数日前に病で身罷《みまか》ったはず――。

◆　◆　◆

ざざ。ざざ。

ざざ。ざざ。

波の音が響《ひび》く祭殿《さいでん》の間に、端座《たんざ》した斎は三柱鳥居を見上げていた。

「斎？」

気遣《きづか》う声音《こわね》に振り返れば、神妙《しんみょう》な面差《おもざ》しの昌浩が結界《けっかい》の向こうにいた。

「上にいなかったからびっくりした。大丈夫か？」

斎は苦笑《くしょう》した。いつもなら益荒や阿曇が口にしそうな台詞《せりふ》だ。

「……神に、感謝を」

「そっか」

短い言葉に万感《ばんかん》の想《おも》いが籠《こ》められているのが察せられて、昌浩は静かに頷《うなず》いた。

昌浩と益荒の見ている前で、斎は白く眩《まばゆ》い光に包まれた。

あまりにも強い光に目を焼かれそうになり、昌浩たちは顔を背《そむ》けざるを得なかった。だから、光の中で何があったのかはわからない。

白光はやがて地御柱を包むほどに膨《ふく》れ上がり、強く激しい虹色《にじいろ》の光彩《こうさい》を発した。

そして。

どれほど時間が経過したのか。やがて光は静まり、その代わりに力強い脈動が地の底から湧《わ》き起こった。

地御柱が脈打ち、滞《とどこお》っていた地脈に神気が押し出されていくのを、昌浩は確かに感じ取った。

気づけば、斎が地御柱の前にたたずんでいた。

呆然《ぼうぜん》としていた斎は、自分の手のひらを見て、ぽつりと言った。

——かあさまが、ひきうけてくださった

そのままくずおれた斎を、血相を変えた益荒が抱《かか》えて地御柱の場を離《はな》れた。

余談だが、昌浩はそのとき見事なまでに忘れられ、置き去りにされた。人の身で地御柱の場から三柱鳥居まで跳《と》べるわけはないのだが、神使が顧《かえり》みてくれるはずもなかった。

斎だけを抱えて戻った益荒に、おいこら昌浩はどうしたと問いただしたのは物の怪だ。

仰天《ぎょうてん》した太陰が慌《あわ》てて迎《むか》えに来たとき、柱の前で胡坐《あぐら》を掻《か》いた昌浩は半眼で遠くを見はるかしていた。

何があっても揺《ゆ》るがない神使。いっそ称賛《しょうさん》に値《あたい》する。

「……そうそう。守直殿《どの》が目を覚ましたよ」

昌浩はそれを知らせに来たのだ。

守直だけではない。神気を削《そ》がれた阿曇や宮の神職たちも、物の怪の放つ輌遇突智の燐光《りんこう》で生気を取り戻し、次々に目を覚ましている。

守直は、目覚めるまでやや時間がかかった。葬列《そうれつ》に囚《とら》われて夢殿の最果てまで引き立てられたのと、黄泉《よみ》の鬼《おに》たちから斎を守ろうと全霊《ぜんれい》を振《ふ》り絞《しぼ》ったことで、なかなか回復に至らなかったのだ。

「父様が？」

目を瞠《みは》った斎は慌てて祈《いの》りを捧《ささ》げる祭壇《さいだん》から下りてくる。

まだ本調子ではない斎の足取りは緩慢《かんまん》で、昌浩は彼女の後ろについて、階《きざはし》を踏《ふ》み外さないように気を配った。

祭殿の間には益荒と阿曇が迎えに来ていた。神使たちが斎の両脇《りょうわき》を固めるのを見て、昌浩は彼らに手を振って身を翻《ひるがえ》す。

斎や守直が常に起居する東の棟《むね》は大破しているので、西の棟に急ごしらえの室《へや》を設けた。

度会禎壬や度会の神官たちの室が目と鼻の先で、彼らのわだかまりや隔意《かくい》が懸念《けねん》されたが、予想に反して神職たちは静観に徹《てつ》しているようだ。

陰気が祓《はら》われて神威《しんい》が復活したことで、宮の者たちの心情にも変化が生じつつあるのかもしれない。

簀子に出た昌浩は空を仰《あお》いだ。

雨はすっかり止《や》み、あんなに厚く垂れこめていた黒雲が風に流されていく。

雲が薄《うす》くなった東の空から青さを取り戻しつつあって、あちこちの雲間から射《さ》す光芒が、涙《なみだ》が出そうになるほど美しい。

ようやく雨が止んだ。この世界はぎりぎりのところで滅《ほろ》びを止めた。

そう信じたいのに。

「………」

昌浩の胸の中に、小さな黒い影《かげ》がある。

古《いにしえ》の呪言《のろい》は、雨を降らせることではない。

一日に千の死を。十日で万の死を。

国中に満ち満ちた死は、果たして止められたのか。

その実感が昌浩にはない。

それに、もうひとつ。

風下に視線をめぐらせる昌浩の面持《おもも》ちが緊迫《きんぱく》する。

風が雲を流していく。あの黒雲は、赤い雷《いかずち》を運ぶ陰気の塊《かたまり》だ。

雲は西に向かっている。出雲国伊賦夜《いずもいふや》の坂がある、西に。

どくんと、胸の奥が大きく跳《は》ねた。

黄泉の岩戸は開かれた。入り口の岩戸が開かれた。開かれたまま、そこに通じるすべての路《みち》が閉《と》ざされた。

もう誰《だれ》も、おどみの殿《あらか》に行くことはできない。

もう誰も、黄泉の岩戸を閉じることができない。

そう気づいたとき、昌浩は戦慄《せんりつ》したのだ。入り口が開いた。――では、出口は。

「…道反《ちがえし》は…」

雲の行く先にある聖域は、無事か。

胸に下げた勾玉《まがたま》を衣《ころも》の上から握《にぎ》る手は、昌浩の緊張《きんちょう》を表すように冷たくなっていた。

◆　◆　◆

道反の聖域に在る瑞碧《ずいへき》の海のほとりに、守護妖《よう》の大蜘蛛《おおぐも》が不機嫌《ふきげん》丸出しでうずくまっていた。

彼らは道反大神に仕える守護妖だ。大蜘蛛のほかに大百足《おおむかで》と大蜥蜴《おおとかげ》がいて、この聖域の奥深くにある千引磐と道反の巫女《みこ》を守っている。

大蜘蛛は、八つの眼《まなこ》で水面《みなも》をぎろりと睨《ね》めつけた。この水底に、不倶戴天《ふぐたいてん》の敵が沈《しず》んでいるのだ。

いまならばやれる。造作もなくひとひねりでとどめを刺《さ》せる。

『……』

四対の脚先《あしさき》にある鋭利《えいり》な爪《つめ》を一瞥《いちべつ》し、大蜘蛛は物騒《ぶっそう》な気配を醸《かも》し出した。

いまだ、躊躇《ためら》うな、やってしまえ。そう急《せ》き立てる心と裏腹に、そんなことをしたら姫《ひめ》が悲しむ、姫に一生嫌《きら》われる、と窘《たしな》める心もあって、日々複雑にせめぎ合っているのだった。

それもこれも、奴《やつ》が呑気《のんき》に沈んでいるのが悪いのだ。さっさと目を覚ましてくれればその場で聖域から追い出して厄介払《やっかいばら》いができるものを。

それが一番平和に穏便《おんびん》に守護妖たちの苛立《いらだ》ちを収める手立てなのである。

瑞碧の海のほとりに日替《ひが》わりでやってきては、まず抹殺《まっさつ》を考えて仕方なく思い留《とど》まり、葛藤《かっとう》を経て苛立ち不機嫌に至るのだった。

早く目を覚ませ、早く、早く。やられたいなら目覚めなくてもいいが。

殺気めいた念を海に放っていた大蜘蛛は、地が奇妙《きみよう》に震《ふる》えたのを感じた。

『む…？』

八つの眼で辺りの様子を注意深く窺《うかが》う。

よほど気をつけていなければ感じられないほどささいな震動《しんどう》が、低く重い響《ひび》きを伴《ともな》って地の底から湧き上がってくるようだ。

『……なんだ』

不穏《ふおん》なものを覚えて唸《うな》った大蜘蛛は、気づかなかった。

それまで凪《な》いでいた水面がほんの少し揺れて、小さな波紋《はもん》が生じたことに。

大蜘蛛は、聖域に異変がないかを確かめるべく身を翻した。

守護妖が離れてからほどなくして、海面に長身の影が浮《う》かび上がってきた。

「――――…」

ごく小さな低い唸りが響く中、十二神将六合の閉ざされた瞼《まぶた》が震えた。

◆　◆　◆

妻戸《つまど》も蔀《しとみ》も固く閉ざした室の前で、藤原敏次は妻戸に背をつけてうずくまっていた。

いつの間にか雨音がやんでいる。

締《し》め切った妻戸の向こうから、悲しげな声がした。

「……なぁ、出してくれないか？」

敏次は無言で頭《かぶり》をふる。

「頼《たの》むよ…。なぁ、話をしようよ。たくさん、たくさん」

かりかりと、爪で妻戸を掻《か》く音が敏次の耳朶《じだ》を掠《かす》める。

「話をしよう。話をしよう」

敏次は堪《こら》えきれなくなって、顔を歪《ゆが》めて両耳をふさいだ。

「ここを開けてくれ。顔を見せてくれ。頼むから」

ねっとりとした声音《こわね》がふさいだはずの鼓膜《こまく》に流れ込んでくる。

「……っ！」

叫《さけ》び出しそうになって寸前で呑《の》み込んだ敏次に、その声は繰《く》り返した。

「話をしよう。話を。――敏次」

なぜ黄泉《よみ》還《がえ》ることができたのか、お前に聴《き》いてほしいんだ。

あとがき

大変長らくお待たせしました。少年陰陽師平安編《おんみょうじへいあん》、厳霊編《いかづち》第五巻です。

かなり前の段階から（具体的には尸櫻編《しおう》がはじまる頃《ころ》だったかと）厳霊編は六冊と考えていて、章全体の構想もそのように組み立てています。が、書き進めることにこんなに苦労するとは思ってもみませんでした。

五巻はもっと早くにお届けするつもりでいたのです。

いえ、本当に。

前巻から今巻が出るまで、なんでこんなに間があいたのかと申しますと。――小説を、書けなくなってしまったからでした。

比喩《ひゆ》でもなんでもなく、書けない。展開や登場人物たちの行動など書くべきことはわかっているのに、文章が欠片《かけら》も出てこない。

少年陰陽師だけでなく、小説自体まったく書けなくなってしまった。真っ白な闇《やみ》の中に閉じ込められて、雁字《がんじ》搦《がら》めにされているような状態が半年以上つづいたかと。

気力を振《ふ》り絞《しぼ》って書こうとすると、嘘《うそ》だろうというくらい体調が悪化。それでもなんとかどうにか持ち直したぞさぁ頑張《がんば》るぞ、と心身ともに仕切り直した矢先に母が急逝《きゅうせい》。

自分で書いている物語のような急展開ですが、紛《まご》うかたない現実です。

物語でも現実でも「死」がごく近くに在った。気を抜《ぬ》くと自分ももっていかれそうなくらい、すぐ傍《かたわ》らか真後ろに、いた。

あーこれは黄泉《よみ》の入り口を閉じないとだめだ、閉じるところを書かないと引きずり込まれてしまう、という奇妙《きみょう》な実感があり、焦燥《しょうそう》と危機感に足を取られそうになりながらの執筆《しっぴつ》。

あまりにも書けない中で、ふっと、ああこれをいま書きたいな、と思える話をひらめいたことが、真っ白な闇を抜ける突破口《とっぱこう》となりました。

あの冥官《めいかん》とあの陰陽師に救われたようなものです。

ものすごくたくさん色々なことを思って、考えたはずなのですが、よく思い出せません。

自分が過ごしたはずの時間が自分のものではなかったような、奇妙な感覚だけが残っています。これもそのうち何かの話に活《い》かそう。

ずっと頑張って頑張って、無理をしてでも頑張りつづけていたので、力ずくで休息を取らされていたような気もしています。何に？　何かに…。

作家になってから、おかげさまでそれなりの年月が経《た》ちますので、たまにはこういうこともあるのでしょう。

そうそう、作者が物語というものと向き合って足掻《あが》いている間に、二〇二〇年二月「少年陰陽師「現代編」の舞台《ぶたい》化が決定しました（えっ⁉）。さらに、「陰陽師・安倍晴明」シリーズが二〇二〇年来冬、月刊プリンセス（秋田書店）にてコミカライズ決定！です（えぇっ!?）。詳《くわ》しいことは少年陰陽師特設サイトやSNSなどを、わくわくしながらチェックしてみてください。

つい先頃《さきごろ》、翡翠《ひすい》の勾玉《まがたま》が無性に欲しくなって、糸魚川《いといがわ》産のものを入手しました。

勾玉はいくつか持っているのですが、赤瑪瑙《めのう》や青石のものばかりでして。

翡翠の勾玉を手に入れたのは実は二度目です。

最初の勾玉と出会ったのは十年以上前。

京都の新京極《しんきょうごく》に、あるお店があったのです。水晶《すいしょう》などの珠《たま》を売っていて、店の奥には値段が別格の翡翠細工のケース。ここは何年も前に閉店してしまったのでもうありません。

当時、水晶のブレスレットが欲しくて探していたのですが、これというものがなかなか見つからず、あちこちでお店を見つけては覗《のぞ》いていました。

その店の奥に足を進めてショーケースに並んだ翡翠細工が目に入った途端《とたん》、もう釘付《くぎづ》け。

色は少々薄《うす》いけれども、品の良い、としかいいようのない勾玉や細工物。

その中の薄緑《うすみどり》の勾玉がとにかく綺麗《きれい》。尾《お》の丸みや、やや残った削り痕《けずあと》まで、こういうのが欲しかった、という理想そのもの。しかし、高い。本翡翠で細工も綺麗となったらそりゃそうだ。

水晶の珠も販売《はんばい》されていて、希望すればその場でブレスを作ってくれるという。

ひたすら悩《なや》みに悩み、吟味《ぎんみ》に吟味を重ね、一番気に入った勾玉を選んで、水晶の珠と合わせてブレスにしてもらいました。

毎日身に着けてたなぁ。勾玉が目に入ると嬉《うれ》しくて、ゴムが劣化《れっか》したなと思ったら切れる前に取り換《か》えて、大事に大事にしていました。

取材で出雲《いずも》に行ったときにも着けていきました。

ご存じの方も多いと思いますが、出雲には「いずもまがたまの里伝承館」という施設《しせつ》があり、出雲型勾玉を製作、販売しています。

そこで石や勾玉を見ていたら、突然《とつぜん》声をかけられた。

「綺麗な勾玉ですねぇ！」

顧《かえり》みると、施設の方が私の翡翠勾玉をじっと見つめているではないですか。

その方、とにかく石が好きで好きで仕方がないそうで、好きが高じてここに勤めたのだとか。

そんな方が、こんなに綺麗な勾玉は滅多《めった》にないです、とうちの翡翠勾玉を大絶賛。

誉《ほ》められたねぇ良かったねぇと心の中で勾玉に語りかけちゃうくらい嬉しゅうございました。

それから数年経過。

勾玉ブレスを腕《うで》から外し鞄《かばん》のポケットに入れて、電車に乗ってうつらうつらとしていたとき。

不思議なほど鮮《あざ》やかに、何年も前の、いずもまがたまの里伝承館で翡翠の勾玉が誉められたときの夢を見た。

ふっと目が覚めて、あーあのときすごく誉められたなぁでもなんであんな夢見たんだろうと思いながら鞄のポケットを探ったら、入れたはずの勾玉ブレスがない。鞄の中を全部捜《さが》してもない。立ち寄ったところに連絡《れんらく》して捜してもらったけれどもどこにもない。その日行ったすべての駅に戻《もど》って、歩いた通路を必死で捜し回り、落とし物センターに問い合わせもし。

でも、見つからなかった。どこにもいなくなってしまった。

想《おも》いを込めると、器物には魂《たましい》が宿るといいます。大事なものが壊《こわ》れたり失《な》くなったりするときは、何かの肩代《かたが》わりをしてくれたのだ、とも。

もしかしたら、何かの禍《わざわい》を持っていってくれたのだろうか。あのタイミングで見た、とても嬉しかったときの夢は、お別れの代わりだったのかもしれない。

ふたつ目の翡翠勾玉を眺《なが》めながら、切なさとともにそんなことを思います。

厳霊編第五巻、いかがだったでしょうか。

書きたいものが呼吸をするように書ける幸せを噛《か》み締《し》めながら書いています。

また次の物語でお会いできますように。

結城光流

「少年陰陽師 まじなう柱に忍び侘べ」の感想をお寄せください。
おたよりのあて先
〒102-8078 東京都千代田区富士見1-8-19
株式会社KADOKAWA 角川ビーンズ文庫編集部気付
「結城光流」先生・「伊東七つ生」先生
また、編集部へのご意見ご希望は、同じ住所で「ビーンズ文庫編集部」
までお寄せください。

BEANS BUNKO

少年陰陽師《しょうねんおんみょうじ》
まじなう柱《はしら》に忍《しの》び侘《わ》べ
結城光流《ゆうきみつる》

角川ビーンズ文庫 21699

令和元年10月1日 初版発行

発行者――――三坂泰二
発　行――――株式会社KADOKAWA
〒102-8177 東京都千代田区富士見2-13-3
電話 0570-002-301（ナビダイヤル）
印刷所――――株式会社暁印刷
製本所――――株式会社ビルディング・ブックセンター
装幀者――――micro fish

本書の無断複製（コピー、スキャン、デジタル化等）並びに無断複製物の譲渡および配信は、著作権法上での例外を除き禁じられています。また、本書を代行業者等の第三者に依頼して複製する行為は、たとえ個人や家庭内での利用であっても一切認められておりません。

●お問い合わせ
https://www.kadokawa.co.jp/（「お問い合わせ」へお進みください）
※内容によっては、お答えできない場合があります。
※サポートは日本国内のみとさせていただきます。
※Japanese text only

ISBN978-4-04-108449-6 C0193 定価はカバーに表示してあります。 ◇◇◇

©Mitsuru Yuki 2019 Printed in Japan

平安時代の大陰陽師・安倍晴明とその孫の血を引く中学二年生の安倍昌浩。まだ半人前だが陰陽師として依頼をこなす彼が戦うことになった、強大なあやかしとは……!?

●角川ビーンズ文庫●

人間と化生のあいだに生まれた
稀代の陰陽師——新・安倍晴明伝最新刊！

ある日、宮腹の中納言と呼ばれる帝の血を引く貴族からの依頼をうけた晴明。
「夢に出てきた不動明王が、安倍晴明に助けを乞えと告げた」という
中納言の言葉をいぶかしむ晴明の前に、禁域の沼の主・みずちが現れ——!?

四六判　ソフトカバー　定価：本体1300円（税別）　KADOKAWA

2020年来冬、
月刊プリンセス
（秋田書店）にて
コミカライズ
決定!!!

「陰陽師・安倍晴明」シリーズ好評発売中!

我、天命を覆《くつがえ》す

陰陽師・安倍晴明

結城光流　装画／あさぎ桜

人間と化生のあいだに生まれた安倍晴明。陰陽師として類い希なる力を持っていた彼には貴族から依頼がたえない。
ある日、賀茂祭を見に行った晴明は、外つ国からきた、化け物と鉢合わせするが——

ISBN 978-4-04-874080-7　四六判　ソフトカバー

角川文庫版も好評発売中!!

その冥《くら》がりに、華の咲く

陰陽師・安倍晴明

結城光流　装画／あさぎ桜

人間と化生のあいだに生まれた稀代の陰陽師・安倍晴明。神の末席に連なる十二神将を式神に下ろした生命は、神将達を奪って名を上げようとする陰陽師たちから襲撃を受け——!?　新説・安倍晴明伝!!

ISBN 978-4-04-110389-0　四六判　ソフトカバー

角川文庫版も好評発売中!!

●角川ビーンズ文庫●

2020年来冬、月刊プリンセス（秋田書店）にてコミカライズ決定!!!

「陰陽師・安倍晴明」シリーズ好評発売中!

白き面に、囚わるる

陰陽師・安倍晴明

結城光流　　装画／伊東七つ生

神々の末席に名を連ねる十二神将を式神に下した安倍晴明のもとに、十二神将・青龍を貸して欲しいと謎の男が現れる。不審な申し出に警戒する晴明。さらに都では若い姫君を狙う妖が現れ、晴明は事件を調査することになり?

ISBN 978-4-04-101887-3　四六判 ソフトカバー

いまひとたびと、なく鵺に

陰陽師・安倍晴明

結城光流　　装画／伊東七つ生

化生の血を引き、類い希なる力を持つ陰陽師――安倍晴明。
ある日、邸の門前で行き倒れていたのは、黒光りする大刀を携えた少年だった。彼はしきりに「鵺が追ってくる」とうわごとを繰り返し…?　新説・安倍晴明伝第4弾!

ISBN 978-4-04-101886-6　四六判 ソフトカバー

●角川ビーンズ文庫●

電子書籍
好評配信中!
篁《たかむら》破《は》幻《げん》草《ぞう》子《し》
結城光流　イラスト／四位広猫
京の妖異を退治する美しき“冥官”
その名は小野篁!!
昼は貴族達の憧れの君、夜は閻羅王直属の冥府の役人――
ふたつの顔を待つ篁が、幼馴染の融と共に大活躍する、平安伝奇絵巻！
1 あだし野に眠るもの　2 ちはやぶる神のめざめの
3 宿命よりもなお深く　4 六道の辻に鬼の哭く
5 めぐる時、夢幻の如く
●角川ビーンズ文庫●

MONSTER CLAN
モンスター・クラン
「少年陰陽師」の結城光流が贈る、
華麗なるヴァンパイア・レジェンド開幕!!
結《ゆう》城《き》光《みつ》流《る》
イラスト／甘塩《あまじお》コメコ
電子書籍
好評配信中！
正統な血族のモンスター一家に育てられた人間の少女・咲夜。人間に仇なすモンスターを狩るために、破魔の拳銃を手にドイツの夜を駆ける彼女に、モンスターを束ねる血族の長老たちからある密命が下されて——!?
1. 黄昏の標的《ツイール》　2. 悠久の盾《シルト》　3. 虚構の箱舟《アルシェ》　4. 迷宮の歌姫《ディーバ》
5. 紅涙の弾丸《クーゲル》　6. 別離の嵐《シュトゥルム》　7. 黎明の光冠《クローネ》
角川ビーンズ文庫

第19回
角川ビーンズ小説大賞
原稿募集中！
カクヨムからも応募できます！
ここが「作家」の第一歩！
賞金
大賞100万円
優秀賞 30万円
奨励賞 20万円
読者賞 10万円
締切
郵 送：2020年3月31日（当日消印有効）
WEB：2020年3月31日（23:59まで）
発表
2020年9月発表（予定）
応募の詳細は角川ビーンズ文庫公式HPで随時お知らせいたします。
https://beans.kadokawa.co.jp/
イラスト／たま